씨앗을 쫓는 아이들

씨 앗 을
쫓 는
아 이 들

브렌 맥디블 지음 · 윤경선 옮김

푸른숲주니어

차
례

엄마는 어디에

    귀가 아프도록 바닥에 납죽 엎드렸지만, 문 아래 틈새로는 아무것도 보이지 않았다.

"알비 아저씨? 아직 거기 계세요?"

"어어, 엘라. 지금 막 책 찾았다."

노쇠한 목소리가 대답했다.

"문을 열어 주시면 안 되나요?"

"문에다 못으로 판자를 박았단다. 아무도 못 들어오게 아주 단단히 박아 놨지."

"아저씨, 불이라도 나면 어쩌시려고요?"

나는 문 밑으로 종종걸음을 치는 슬리퍼에 대고 말한 뒤, 몸을 일으켜 쓰라린 귀를 손으로 문질렀다.

"통구이가 되겠지. 하지만 걱정 마. 군대가 와서 이놈의 거리를 싹 다 정리해 주면 그때 문을 열 테니까."

알비 아저씨는 문틈으로 책을 내밀어 보려고 했지만, 너무 두꺼운지 턱턱 부딪히는 소리만 났다. 다시 책이 사라졌다. 끙, 하고 힘을 주는 소리와 함께 북, 하고 뭔가가 찢어지는 소리가 났다. 곧이어 문 밑으로 책등을 반으로 쪼갠 반쪽짜리 책이 밀려 나왔다. 다른 반쪽이 있어야 무슨 책인지 알 것 같았다.

이윽고 나머지 반쪽도 미끄러져 나왔다. 반쪽짜리 책의 등을 맞대어 보았다. 표지 속 검붉은 얼룩무늬는 마치 핏자국이 튄 것 같았다. '파리 대왕'이라는 까만 글씨도 섬뜩했다.

"그 책 읽었니, 엘라?"

"아뇨."

"잘됐다. 읽고 나서 어땠는지 말해 주렴."

"고맙습니다. 그럼, 군대가 오면 만나요."

나는 계단을 내려갔다. 계단 하나씩 두 발로 동시에 뛰어서 우리 집까지 모두 스물두 계단이다. 에머리 오빠한테 물려받은 반바지가 너무 커서 허리춤을 붙들고 뛰어야 했다. 아빠는 내가 많이 자라서 옷이 작아졌다며 다 갖다 버리고 이 낡은 바지를 건넸다. 예쁘게 잘 맞는 옷도 있었는데 이제 나한테는 물려받은 낡은 옷뿐이다.

이 낡은 3층짜리 건물 맨 위층에는 알비 아저씨가, 아래층에는 논사 아줌마가 산다. 우리 집은 2층이다. 나는 아빠랑 오빠랑 개 세 마리랑 사는데, 우리 집에 개가 있다는 건 비밀이다. 논사 아줌마는 착하다. 아줌마네 집 천장에서 개들이 발톱 긁는 소리를 내도 뭐라 불평 한마디 하지 않았다. 원래 엄마도 함께 살았지만, 사정이 있어 집에 돌아오지 않은 지 오래되었다.

현관문을 여는 순간, 커다란 맬러뮤트 세 마리가 개털을 풀풀 날리며 달려와 뽀뽀를 퍼부었다. 개들의 호들갑을 겨우 뚫고 아빠에게로 갔다. 알비 아저씨네 집 현관 앞에서 있었던 일을 들려주자 아빠가 크게 웃었다.

"군대는 무슨? 누가 그 영감님한테 말 좀 해 줘야겠다. 군대도 배를 채워야 움직이지. 우리에게 군대는 없는 거나 마찬가지야."

아빠는 전기 자전거에서 떼어 낸 낡은 수동 크랭크에다 전선을 연결하고 있었다. 식탁 위에 늘어놓은 부품들은 하나같이 낡았다. 과연 저런 부품들로 만든 기계 장치가 전기를 만들어 낼수 있을까?

"알비 아저씨를 집 밖으로 모시고 나와야 하지 않을까요? 불이 나면 어떡해요?"

"문에 못을 박아 둔 건 그리 나쁜 생각 같지는 않아. 우리 꼬맹이, 거꾸로 돌아가는 세상에서 살아남으려면……."

"머리로 걷는 법을 알아야겠죠."

나는 큰 소리로 아빠 말을 가로챘다.

아빠가 밤송이처럼 짧고 까슬까슬한 내 머리통을 쓰다듬었다. 지난주에 아빠가 면도기로 밀어 준 덕에 이제 내 모습은 피부가 하얀 에머리 오빠 같다.

"무슨 책 빌려 왔니?"

아빠는 내 손에 든 책을 가져다가 이리저리 돌려 보다가 얼굴에서 슬며시 미소를 거두었다.

"왜 그러세요?"

두 동강 난 책은 어느새 책장 맨 꼭대기로 옮겨졌다.

"너한테는 안 맞아."

"나한테 맞는 책은 다 읽었어요. 이제 이 건물에는 내가 읽을 책이 한 권도 없다고요!"

"그래, 하지만 저 책은 안 돼. 너무 무서워."

"아빠! 난 애가 아니에요. 읽다가 무서우면 알아서 관둘게요."

"엘라, 문밖은 이미 무너진 사회야. 굳이 책으로 읽지 않아도 돼."

"그럼 난요? 난 읽어도 돼요?"

오빠가 방에서 소리쳤다. 아빠는 짜증난다는 듯 눈을 위로 치켜뜨고 아무 대꾸도 하지 않았다.

"그래도 되냐고요?"

오빠가 다시 소리쳤다. 오빠는 가끔 사람들과 괜히 실랑이를 벌였다. 하지만 나하고는 가벼운 말싸움조차 하지 않았다. 자기는 오빠니까 괜찮다면서 무슨 일이든 나를 먼저 생각해 주었다.

아빠는 입술에 손가락을 대더니, 몸을 숙여 소파 뒤로 숨었다.

대장견 마루키가 아빠 뒤를 따랐다. 그 뒤로 울프가 꼬리를 흔들며 따라 숨었는데, 셋이나 숨기에는 공간이 비좁았다. 울프의 갈색 꼬리가 소파 옆으로 삐죽 튀어나와 살랑댔다.

아빠는 나보고도 숨으라고 손짓했다. 내가 못 이기는 척 안락의자 뒤로 숨자 베어가 쫓아와 내 얼굴을 핥았다. 나는 베어를 감싸 안고 몸을 수그렸다.

오빠가 왜 아무도 대답이 없냐고 씩씩대며 방에서 나왔다. 그러고는 거실로 들어와 소리쳤다.

"다 보여!"

순간 아빠가 풀쩍 뛰어오르며 소리쳤다.

"탑 쌓기다!"

아빠가 오빠를 붙잡아 소파에 눕히자 오빠가 비명을 꽥 질렀다. 그 위로 나랑 울프, 베어가 차례로 올라타자 맨 밑에 깔린 오빠가 울부짖으며 몸을 이리저리 비틀었다. 우리는 깔깔대고 낑낑댔다. 개들보다 몸무게가 덜 나가는 나는 곧바로 나가떨어졌지만 다시 탑 꼭대기로 기어 올라갔다.

그 와중에 마루키는 오빠를 구하려고 애썼다. 오빠의 바짓가랑이를 물고 당기면서. 그 바람에 다들 소파 아래로 떨어지고 오빠만 마루키가 당기는 대로 바닥 위로 스케이트 타듯 질질 끌려갔다.

"마루키! 그만, 그만!"

"마루키가 오빠를 구한 줄 알아! 잘했어, 마루키!"

마루키는 신이 나서 제자리에서 빙빙 돌며 춤을 추었다. 마루키는 정말 최고다. 나는 마루키의 굵직한 목덜미를 끌어안고 털 속에 얼굴을 파묻었다. 오빠도 따라 하며 마루키에게 말했다.

"마루키, 넌 커다란 거위야."

"그럼 우린 거위 가족이네."

아빠가 웃으며 말했다.

나는 서운했다. 엄마가 빠졌는데 가족이라니.

"엄마 거위가 있어야 가족이지."

"그건 애들 보는 동화책(영어권 문화에서는 전래 동화나 동요를 이르러 '마더 구스'라고 부른다.―옮긴이)에나 나오는 얘기고."

오빠가 말했다.

"아니, 울 엄마 말야. 우리가 거위니까 울 엄마는 엄마 거위지."

나는 팔꿈치로 오빠 옆구리를 쿡 찔렀다. 오빠는 움찔하더니 늘 하던 버릇대로 중얼거렸다.

"울 엄마도 아닌데, 뭐."

순간 아빠가 미간을 찡그리며 언짢은 표정을 지었다.

"이제 발전소도 멈췄는데 엄마는 왜 소식이 없을까요?"

발전소를 계속 돌리는 일. 그게 엄마가 집을 떠난 목적이었다.

이제 전기가 끊겼으니 일거리도 없을 텐데, 집에 돌아올 수 있지 않을까?

"지금 오고 있을 거야. 꼬맹아."

아빠는 앙상한 팔로 나를 감싸며 말했다. 아빠 팔은 깡말랐지만, 다부진 근육 때문에 안는 힘이 셌다.

"엄마는 분명 돌아올 거야."

"어떻게요? 도시 건너편 게이트도 무너졌다면서요."

식량이 고갈되자 도시는 여러 구역으로 나뉘었다. 각 구역은 지정된 게이트로 식량이 배급되고 '필수 인력'이 아닌 사람들은 일터를 떠나야 했다. 8개월 동안 수많은 의사와 간호사, 경찰, 전기 발전소 기술자들이 집으로 돌아가지 못했다. 3주 전부터는 도시 전체가 정전이 되어 전화마저 먹통이었다.

"엄마가 어떤 사람인 줄 알잖니? 지금쯤 차에다 태양열 발전기를 달고 달려오는 중일걸?"

아빠가 아직 화석 연료 발전기를 배우던 시절에, 엄마는 일찌감치 태양열 발전소에 취직했다. 그리고 엄마가 아빠 일을 넘겨받을 즈음에 둘이 처음 만났다. 엄마 아빠는 걸핏하면 둘의 첫 만남을 이야기했다. 앞을 내다보는 사람이 되라고 하는 얘기였을까?

오빠는 그 이야기를 그다지 좋아하지 않았다. 아빠가 바보처럼 보이는 이야기라나. 하지만 내 생각은 달랐다. 아빠는 집안일에 능숙하고, 낡은 전자제품도 잘 고쳤다. 거기다 우리 남매를 무척 잘 돌보았다. 반면에 엄마는 우리랑 느긋하게 놀아 주는 법을 잘 몰랐다.

그래, 엄마는 그런 사람이다. 늘 무언가를 구상하고 설계하는 사람.

매일 아침 눈을 뜰 때마다 오늘은 엄마가 집에 돌아오겠지, 하고 기대한다. 하지만 밤에 잠자리에 누워서 사람들이 악을 쓰고 울부짖는 소리를 들으면 정반대 생각에 빠져든다. 엄마가 어떻게 저 속을 뚫고 돌아올까? 이제는 정말 잘 모르겠다.

어둠의 도시

한밤중, 멀리 인적이 드문 곳에서 비명이 터졌다. 분노에 찬 아우성이 흩어지고, 문이 쾅 닫히며 유리가 깨졌다. 한 남자가 요란한 발걸음 소리를 내며 거리를 내달렸다. 하나 남은 태양광 가로등 불빛 아래를 지날 때, 남자의 손에 든 물건이 반짝거렸다.

나는 몸을 웅크리고 앉아 꼼짝도 하지 않았다. 흐느낌이 울음소리로 터져 나올까 봐 애써 숨을 참았다. 이런 밤을 하루 이틀 겪는 건 아니지만, 지금은 날 지켜 줄 아빠도 오빠도 없었다.

내 옆에서 마루키가 창문에 앞발을 대고 낮게 으르렁거렸다. 달려가는 남자를 보고 고개를 갸웃거리는 모습이 마치 '통행금지 사이렌이 울렸는데 저렇게 밖에 나다녀도 되나?' 하고 의아해하는 것 같았다.

"괜찮아, 마루키."

나는 마루키의 따뜻한 목덜미에 손을 파묻었다. 오빠는 이렇게 말했었다.

"울면 안 돼. 마루키가 걱정할 거야. 네가 마루키를 지켜 줘야 해."

그 말을 왜 곧이곧대로 믿었을까? 오빠는 사실, 마루키에게 나를 맡긴 셈이었다. 그것도 모르고 묵묵히 고개를 끄덕이며 문밖으로 사라지는 오빠를 멀거니 바라보았다.

오빠는 마루키랑 나만 남겨 두고 그렇게 나갔다. 12일 전에는 아빠가, 8개월 전에는 엄마가 그랬다.

"오빠는 돌아올 거야. 모두 돌아올 거야."

나는 솜털이 보송보송한 마루키의 세모난 귀에 대고 속삭였다. 밖은 벌써 컴컴했다.

매일 밤 일곱 시, 사이렌이 울릴 때마다 저 스피커의 전기는 어디서 공급되는지 궁금했다. 각 구역을 둘러싼 장벽은 이미 무너졌고, 치안 경비대도 사라졌다.

어느 날 밤, 아빠와 오빠의 대화를 엿들었다.

아빠는 경비대마저 도망친 이 도시를 우리도 하루 빨리 떠나야 한다고, 엄마가 돌아오면 바로 이곳을 뜨자고 했다. 그러자 오빠는 '재키 아줌마는 제 몸 하나는 충분히 건사할 사람인데 언제까지 여기에 발이 묶여 있어야 하냐'고, 저 혼자서라도 시골 할아버지 댁에 가겠다고 고집을 부렸다. 아빠는 처음에는 화를 내다가, 직접 나가서 엄마를 찾아올 테니 다 함께 떠나자고 오빠를 설득했다. 정부가 식량 배급 약속을 어기고 있어서 어차피 도시가 붕괴하는 건 시간문제라며. 내가 잠든 줄 알고 아빠와 오빠는 그런 대화를 주고받았다. 그리고 난 뒤 엄마를 찾으러 집을 나선 아빠는 지금껏 감감무소식이다.

거리에는 작년에 멈춰 선 에탄올 버스가 그대로 자리를 지키고 서 있었다. 아무도 버스를 치울 엄두조차 내지 않았다.

누군가가 자동차 보닛을 열고 모닥불을 피우기 시작했다. 하나뿐인 태양광 가로등이 비추는 어두컴컴한 거리에 불꽃이 튀었다. 얼마 후, 사람들이 물이 담긴 냄비를 들고 하나둘 불가로 모여들었다. 끓는 물을 집으로 가져가서 생선 통조림이라도 데워 먹으려는가 보았다. 그들은 사방에 맹수가 도사리고 있기라도 하듯 경계심이 어린 얼굴로 연신 고개를 두리번거렸다.

모닥불 곁에 모여든 사람들은 불 위에 모로 넘어뜨린 쇼핑 카트를 석쇠 삼아 냄비를 올리고 물이 끓기를 기다렸다. 낡은 가구의 잔해가 계속 불 속으로 던져졌다. 아무도 음식을 들고 나오지는 않았다. 누구도 믿을 수 없으니까, 제 몫은 자기가 알아서 챙겨야 했다.

예전에는 모닥불 가에 모인 사람들끼리 대화를 나누곤 했다. 나랑 오빠도 불가로 나가 가로등 아래서 개들과 공놀이를 했다.

하지만 정부의 식량 배급이 끊기고 생선 통조림과 수프용 뼈와 건조 야채가 떨어지자 사람들은 더 이상 대화를 나누지 않게 되었다.

식량이 부족해지자 아빠는 개를 키우는 사실도 숨기는 편이 안전하겠다고 말했다. 우리는 건물 밖의 인기척을 확인한 뒤에 계단에서 개들과 공놀이를 하거나 몰래 뒷마당으로 나가 배변을 시켜야 했다.

가방을 발로 건드려 보았다. 퉁, 하고 깡통 울리는 소리가 나야 하는데 발에 뭔가 부딪히는 느낌이 없었다. 내 앤잭 비스킷(호주와 뉴질랜드에서 현충일에 만들어 먹는 비스킷.―옮긴이)이 어디로 갔을까? 허겁지겁 배낭 속을 뒤져 보았다. 갈아입을 옷 두 벌과 칫솔, 그리고 정어리 통조림 몇 개뿐이었다.

설마 오빠가? 물물교환을 한답시고 내 비스킷 통을 가지고 갔나 보다! 나는 얼굴이 빨갛게 달아올랐다. 나한테 묻지도 않고 내 물건을 가져가다니. 마치 자기는 어른이고 나는 애라는 식이다.

다시는 앤잭 비스킷을 먹지 못한다는 걸 알아차린 내 배 속이 요란하게 꼬르륵거렸다.

그 못된 붉은곰팡이가 밀가루를 만들 밀도 죽이고, 귀리도 죽이고, 설탕과 시럽을 만들 사탕수수도 죽였다. 게다가 소들이 먹을 목초마저 죽여 버터까지 바닥났다. 아빠랑 내가 앤잭 비스킷을 만들 때 쓰던 재료는 아예 씨가 말랐다. 앞으로 사는 동안 앤잭 비스킷은 구경도 못 하겠지.

나는 치약을 꺼내 뚜껑을 연 다음, 잇새에 짜 넣고 빨아 먹었다. 손가락에 짜서 마루키에게 주었더니 진짜 음식이 아닌데도 쩝쩝 소리를 내며 핥아 먹었다.

마루키가 주둥이에 묻은 치약을 핥느라 고개를 이리저리 흔들 때마다 검은 눈동자에 거리의 불빛이 반사되어 반짝였다. 마루키는 알래스칸맬러뮤트와 검정 셰퍼드 사이에서 태어났다. 몸집이 어마어마하니 배도 어마어마하게 고프겠지. 불쌍한 마루키, 우리가 왜 하루에 정어리 한 캔밖에 못 주는지 녀석은 알까. 실컷 먹던 생고기가 뚝 끊겨서 원망스럽진 않을까.

붉은곰팡이 때문에 목초가 시들자 소와 양이 굶주려 떼죽음을 당했다. 아마도 마루키에게는 행복한 시절이었을 거다. 고기를 실컷 먹어 토실토실 살이 오르고 검은 털은 까마귀처럼 윤기가 흘렀다.

하지만 이제는 그마저도 고갈되었다. 우리는 몸속 지방과 얼마 남지 않은 식량으로 어떻게든 버텨야 했다. 오빠는 어디로 떠나는 게 쉬운 일인 양 말했다.

"여기 있으면 우린 굶어 죽을 거야. 지금 떠나는 게 최선이야."

마루키가 두 앞발을 창문에 대고 어둠 속을 빤히 바라보았다. 그러고는 작게 낑낑거렸다.

드디어 오빠가 오는 걸까? 아니면, 아빠일지도 몰라! 제발 한 사람이라도 돌아왔으면. 아니, 두 사람에게 나쁜 일이 생기지만 않았으면. 마루키는 무척 똑똑해서 어쩌면 오빠가 어디 갔는지, 왜 베어랑 울프를 데리고 나갔는지 짐작하고 있는지도 모르겠다. 나는 도통 모르겠지만.

마루키는 얌전히 현관으로 갔다가 다시 돌아와 창밖을 바라보았다. 나는 두 손을 동그랗게 오므려 모닥불 쪽을 바라보았다. 죽은 듯 몇 개월째 멈춰 선 자동차들과 불 꺼진 건넛집만 보였다. 오빠의 모습은 아무 데서도 보이지 않았다.

지난달에 전기가 끊긴 뒤, 사람들은 전봇대에 매달린 태양광 전등을 떼어 갔다. 도시는 전보다 더 어두워졌다.

마루키가 내 팔꿈치를 물고 문 쪽으로 끌고 갔지만, 오빠는 끝내 나타나지 않았다.

갑자기 길에서 고함치는 소리가 들렸다. 아빠는 혼돈 속에서 상황을 더 악화시키는 사람도 있다고 했다. 세상이 혼란스러운 틈을 타 길길이 날뛰는 사람들 말이다. 하지만 대부분의 사람들은 묵묵히 제 할 일을 하며 상황이 나아지도록 애쓴다. 그래서 소란을 피울 새도 없다. 아빠는 이를 '조용한 다수'라고 했다. 그리고 저런 시끄러운 소리를 들을 때마다 조용한 다수를 잊지 말라고 했다.

그때 까만 후드 티를 걸친 가느다란 실루엣이 길 건너 상점 그늘 속으로 들어가는 게 보였다. 에머리 오빠였다! 저렇게 깡마른 사람이 오빠 말고 또 누가 있을까! 아직 열네 살인데 더 자랄 낌새가 보이지 않았다. 나는 이제 겨우 열 살이지만, 학교 다닐 때 우리 학년 중에서 키가 가장 컸다. 엄마를 닮아서인지 네 살 차이인 오빠랑 키가 거의 비슷했다. 오빠네 엄마와 다른, 우리 엄마 말이다.

소란을 피우던 패거리가 모닥불 가에 모인 사람들에게 시비를 걸자, 다들 냄비를 챙겨 들고 서둘러 각자의 집으로 들어가 문을 꽝 닫았다. 패거리가 모닥불 앞에서 불을 쪼일 때, 오빠가 다시 모습을 드러냈다. 오빠는 몸을 한껏 낮추고 우리 집 쪽으로 길을 건넜다. 이윽고 아래층에서 열쇠를 여는 소리가 들렸다. 마루키가 따뜻하고 축축한 주둥이로 내 옷소매를 잡아당겼다. 나는 배낭을 둘러멘 다음 현관문 문고리 밑에 댄 판자를 발로 찬 뒤 나사를 풀었다.

"기다려."

마루키를 돌아보며 작게 말했다. 마루키는 앉아서 엉덩이를 꿈지럭거리다가 결국 문 앞까지 다가왔다. 나는 문을 열고 고개만 살짝 내밀어 보았다.

오빠가 조그만 엘이디 전등을 잇새에 물고 계단 난간을 기어 올라왔다. 계단은 쇼핑 카트와 가구, 그 밖의 잡동사니로 가득 메워져 있었다. 어젯밤에 낯선 사람들이 우리 집으로 들어오려고 해서 오빠가 계단에 물건을 쌓아 막아 버렸다.

다행히 그 사람들은 꽉 막힌 계단 앞에서 지레 포기하고 돌아 갔다.

"엘라!"

오빠가 작은 전등을 입에 물고 말했다. 나는 마루키랑 같이 오 빠에게 달려갔다. 비쩍 마른 팔이 나를 힘껏 끌어안았다. 다시는 못 볼 줄 알았다는 듯, 마루키가 오빠의 뺨을 마구 핥아 댔다. 나 도 그랬어, 마루키.

"엘라, 너네 엄마가 쓰던 립스틱 가져와. 그리고 그걸로 욕실 벽에다 글씨를 써. 우리가 어디로 갔는지 아빠가 알아볼 수 있 게."

오빠가 목소리를 낮추어 말했다.

"어쩌려고?"

"울 엄마한테 갈 거야."

오빠네 엄마 집은 엄청나게 먼 시골인데, 어떻게 가려는 걸까?

"아빠는 어떡하고! 딱 하루만 더 기다리자."

"지금껏 기다렸잖아. 하루만, 하루만, 하며 기다린 지 벌써 12 일째야. 이대로 굶어 죽을 거야? 살아 있어야 아빠든 엄마든 다 시 만나지. 자, 거울에다가도 쓰고, 타일 위에다가도 써. 그리고 길가 쪽 창문에다가도. 울 엄마 이름 알지?"

오빠는 작은 손전등을 내게 내밀었다. 나는 고개를 끄덕였다.

"옳지, 착하다. 빨리 쓰고 현관문으로 나와. 바로 출발할 거야."

나는 오빠 팔을 주먹으로 살짝 쳤다. 내가 무슨 다섯 살 먹은 어린애도 아닌데, 그런 식으로 대하면 기분이 나쁘다.

그래도 나는 오빠가 시키는 대로 했다. 립스틱, 엄마 냄새가 배어 있을 것 같아 배낭 주머니에 넣어 둔 빨간색 립스틱. 8개월 하고 17일 전에 엄마가 태양열 발전소로 떠날 때 입술에 바른 색깔이다. 그게 엄마를 본 마지막 날이었다.

나는 잇새에 손전등을 물고 욕실로 갔다. 물론 아빠가 가르쳐 준 대로 창가에 다가갈 때는 손전등을 껐다. 타일에다가, 길거리 쪽으로 난 창문에다가 립스틱으로 커다랗게 '크리스마스'라고 꾹꾹 눌러썼다. 그건 오빠네 엄마의 이름이다.

엄마의 립스틱이 닳는 게 슬펐다. 언젠가는 엄마가 다시 이 립스틱을 바르는 날이 올지도 모른다고 생각했다. 사람들이 립스틱을 바르고 외출을 하는, 꿈같은 날이 온다면 말이다. 그래도 지금은 당장 할 수 있는 일을 하기로 했다. 엄마 아빠를 만날 수만 있다면 뭐든. 나는 립스틱에다 뽀뽀를 하고 나서 벽에다 '사랑해요.'라고 썼다. 립스틱은 창틀에 세워 두었다.

논사 아줌마는 여동생이 있는 고층 아파트에서 지내려고 지난주에 떠났다. 나는 알비 아저씨네 문틈 아래로 아빠가 읽지 말라고 한 그 책을 밀어넣었다. 어쨌든 그 책은 너무 어려웠다. '피기'라는 애가 이렇게 말하는 장면에서 책을 덮어 버렸다.

"우린 뭔가 해야 해."

오빠도 틈만 나면 그런 말을 했다.

"우린 뭔가 해야 해."

나는 닫힌 문틈으로 알비 아저씨에게 작별 인사를 전했다. 우리 남매는 집을 떠난다고, 계단에 방어벽을 만들었으니 한동안 안심하고 지내도 될 거라고.

계단을 내려와 보니 마루키는 벌써 건물 출입구에 내려가 있었다. 간만에 외출을 한다고 신이 났는지 이리저리 날뛰는 바람에 바닥 타일이 달그락거렸다. 방호벽 너머에서 오빠가 손짓했다. 내가 다가가자 오빠는 아빠처럼 마르고 다부진 팔로 나를 힘껏 붙잡아 계단 난간 위로 내 몸을 끌어당겼다. 나는 계단 난간을 넘어 내려섰다.

마루키가 현관 문틈 사이로 주둥이를 들이대고 킁킁 콧바람을 일으켰다. 오빠는 내 입에서 손전등을 가져가고 마루키의 목줄을 홱 끌어당겼다.

"마루키, 조용!"

마루키는 엉덩이를 바닥에 붙이고 앉았다. 하지만 금방이라도 뛰쳐나갈 듯이 뒷다리를 꿈지럭거렸다. 오빠가 손전등을 껐다. 컴컴한 어둠 속에 마루키의 숨소리만 우렁우렁했다. 오빠가 문을 살짝 열고 거리를 살펴보았다. 그 검은 눈동자에 오렌지색 불빛이 일렁였다.

오빠는 내 검은 티셔츠에 달린 모자를 잡아당겨 머리에 폭 덮어씌웠다.

"얼굴 잘 가려, 백인 꼬마 아가씨야."

나는 모자 끝을 잡아당겨 얼굴을 가렸다. 지금 우리에게 있는 모든 것 중에서 내 얼굴이 가장 하얬다. 우리가 입은 옷도, 마루키의 털빛도 까맸다. 오빠 살갗은 오빠네 엄마를 닮아 갈색이다.

"가자. 저 사람들은 모닥불 앞에서 노닥대느라 모를 거야. 바싹 붙어!"

우리는 몸을 낮게 숙였다. 나는 우리가 빠져나온 현관문을 재빨리 닫았다. 알비 아저씨가 아직 3층에 머물러 있으니까.

모닥불을 차지한 패거리는 술병인지 뭔지를 건네 돌려 마셨다. 불을 향해 마신 걸 뿜자 불꽃이 화르르 튀어 올랐다.

우리는 살금살금 건물의 그림자 속으로 걸었다. 오빠가 몸을 잔뜩 수그린 채 마루키의 목덜미를 잡고 앞장섰다. 나는 그 뒤를 따랐다. 마루키의 엉덩이 털을 한 움큼 잡고 있어서 어둠 속에서도 길을 잃지 않았다. 배낭에 든 몇 안 되는 정어리 깡통이 달그락거리는 소리를 낼까 봐 조심조심 움직였다.

그렇게 우리는 집을 떠났다. 어둠 속에서 조용히, 안녕이라는 인사도 없이, 아무도 모르게. 물건들을 챙길 시간도 없었다.

뜻밖의 불청객

에탄올 버스를 가림막 삼아 무사히 거리 반대편에 다다랐다.

오빠가 몸을 쭉 펴고 내 손을 잡았다.

"이제 괜찮을 거야, 엘라. 나한테 계획이 있어."

"베어랑 울프는 어디 있어?"

나는 작은 소리로 물었다. 오빠가 그 둘과 내 비스킷을 다른 뭔가로 바꾸지 않았기를 간절히 바랐다. 난 이미 가족을 너무 많이 잃었다.

"둘 다 교외에서 우리를 기다리고 있어."

그 말 한마디에 나는 곧바로 기분이 좋아졌다. 커다란 개 세 마리가 함께 있는데 누가 우리를 괴롭힐 수 있을까?

"이제 엄마한테 갈 거야."

"오빠네 엄마는 나나 우리 개들을 반가워하지 않을걸."

이런 세상에서 군식구를 반길 사람은 아무도 없을 테니까.

"울 엄마는 날 사랑하니까 내 여동생도, 내 개들도 좋아할 거야. 그러니 걱정 마."

"오빠네 엄마가 무사한지, 아직도 시골 할아버지 댁에 계신지 어떻게 알아?"

"우리 엄마가 거기서 버섯 농사를 짓고 있거든. 버섯도 일종의 곰팡이잖아? 아마 지금 세상에서 재배할 수 있는 유일한 농작물일걸? 그러니 틀림없이 거기에 있을 거야. 게다가 버섯을 키우는 동굴이 비밀 장소라 안전할 거고."

"하지만 어떻게 가려고? 차가 있어?"

설사 그렇다 해도 오빠는 운전을 할 줄 모른다.

"고속도로로는 안 가려고. 부모 없이 돌아다니는 애들은 표적이 되기 딱 좋아. 거기다 요새 탈출하려는 사람이 많아서 도로가 막히거든. 우리는 사람들이 다니지 않는 길로 갈 거야. 개들의 도움을 받아서!"

"설마……, 지금 개 썰매를 타겠다는 거야?"

"맞아."

오빠랑 아빠는 개 썰매 스포츠, 즉 '머싱'을 좋아했다. 우리가 맬러뮤트를 세 마리나 키우는 이유도 그래서였다. 물론, 지금은 눈이 내리지 않으니, 썰매 대신 바퀴가 달린 '머싱 카트'를 끌게 한다는 말이다. 하지만 우리 집은 외발 스쿠터를 머싱 카트로 쓰기 때문에 개를 한두 마리밖에 못 맨다. 게다가 나는 오빠처럼 능숙하게 개 썰매를 타지 못한다.

하지만 배워야 한다. 식량이 고갈되고 도시가 험악해지자 아빠는 이렇게 말했다.

"세상이 거꾸로 돌아가면, 맨 먼저 머리로 걷는 법을 배운 사람이 살아남을 거야."

나를 둘러싼 모든 게 변하면 나도 변화에 맞추어 가려고 노력해야 한다는 뜻이겠지. 아빠가 지금 여기 함께 있으면 얼마나 좋을까.

"오빠, 아빠는 죽었을까?"

"무슨 말이야. 아빠는 쇠막대기랑 철사로 만들어진 사람이야. 아무도 못 죽여."

나는 고개를 끄덕였지만, 속으로는 다른 생각을 했다. 오빠는 그런 일이 얼마나 쉽게 일어나는지 몰라서 그러는 거다. 자기네 엄마가 갑자기 사라진 적이 없으니까. 행복한 시간은 순식간에 사라지고 삶에 커다란 구멍이 뚫린다.

"다 괜찮을 거야."

오빠가 내 손을 잡고 거리로 이끌었다. 사람이 보일 때마다 우리 셋은 건물 입구나 화단 속으로 몸을 숨겼다.

구역 검문소에 도착했다. 이 검문소는 작년에 세워졌다. 아빠 말에 따르면 부잣집을 공격하는 하층민을 막기 위해서였다고 한다. 동시에 그건 우리를 가둔다고도 했다. 길 건너 게이트는 닫혀 있는데, 불이 꺼진 경비 초소는 문이 열려 있었다.

"저기에는 아무도 없어."

오빠가 작은 소리로 말했다. 우리는 몸을 낮게 숙이고 경비 초소 앞을 지나 구역 밖에 있는 수풀이 우거진 화단 속으로 서둘러 기어 들어갔다.

경찰 조끼를 입고 헬멧을 쓴 사람이 경비를 서고 있는 으리으리한 저택이 보였다. 무슨 요새라도 된다고, 앞마당에 모래주머니를 잔뜩 쌓고 그 위에 소총까지 설치해 두었다. 저런 부잣집에 사는 아이는 약탈을 당할까 봐 밤잠 설칠 일은 없을 것이다.

게이트에서 교외로 빠져나가려는데 적잖은 인파가 북적대고 있었다. 태양광 가로등 불빛 아래 선 트럭으로 사람들이 몰려들어 서로 몸을 밀치며 소리를 질러 댔다. 트럭 안에는 상자가 잔뜩 실려 있고, 소총을 든 두 남자가 사람들을 줄 세우고 돈을 받았다.

"금을 가져와! 은이 아니라 금! 금, 다이아몬드, 현금! 없으면 가서 구해 와! 시간 낭비하게 하지 마!"

그때 오빠가 날 쿡 찌르며 게이트 옆 울타리 구멍을 가리켰다.

"가자."

하지만 나는 주춤주춤 뒤로 물러섰다. 혹시나 사람들의 눈이 우리에게 쏠릴까 봐 무서웠다. 오빠가 내 손을 붙잡더니 몸을 낮추고 달렸다. 멈추라고 하고 싶었지만, 오빠는 마루키를 조용히 시키느라 나를 돌아볼 새가 없었다. 오빠가 앞장서고, 그다음엔 마루키가, 마지막으로 내가 철사 끊긴 울타리 구멍을 차례로 빠져나갔다.

아까 소리치던 남자의 목소리가 울타리 너머까지 들렸다.

"에이프릴! 이 사람한테 통조림 세 개 줘!"

"아니! 한 상자는 줘야죠. 그 반지, 2천 달러는 되는데!"

뒤를 돌아보니 양복을 입고 셔츠 소매를 걷어붙인 아저씨가 트럭에 기대어 여자 쪽으로 더 달라는 손짓을 했다.

"나한테는 아니야. 딱 깡통 세 개짜리 반지라고. 싫으면 반지를 도로 가져가든가!"

소총의 총부리가 양복 입은 아저씨를 향해 있었다.

"지금이야, 뛰어!"

오빠가 또다시 나를 잡아당겼다. 양복 입은 아저씨가 울화가 치미는 듯이 외쳤다.

"이런 법이 어디 있어!"

차례를 기다리던 사람들도 그 말에 동조하며 아우성을 쳤다.

"해도 해도 너무하잖아!"

"애들이 굶는데 불쌍하지도 않아요?"

우리는 그 난리통을 뒤로하고 어두운 거리를 달려 골목길로 들어섰다. 고요한 밤공기가 우리를 휩쌌다. 그때였다.

탕―!

총소리가 울렸다. 소리는 주택가 담벼락을 맞고 튕겨 나와 사방에서 날아들었다. 심장이 멎는 듯했다. 나는 숨을 헐떡댔다.

뒤이어 철커덕― 하는 소리가 들렸다. 금방이라도 총알이 날아와 메아리처럼 벽을 튕겨 내 몸을 맞출 것 같았다.

오빠가 우리를 멈춰 세우더니, 울타리에 몸을 바싹 붙이라고 손짓했다. 우리는 뻣뻣해진 몸으로 트럭이 서 있던 대로변을 돌아보았다. 시동을 걸자 트럭이 울부짖듯 요란한 소리를 냈다. 마치 영화 속 한 장면 같았다. 헤드라이트 불빛이 도로 끝을 환히 밝히더니 무서운 속도로 질주했다. 핸들을 잡은 운전사의 흰 얼굴이 점점 커지더니 이내 사라졌다. 트럭 짐칸에서 통조림을 지키고 있던 두 남자는 완전히 제 모습을 감출 때까지 사람들에게 총부리를 겨누고 있었다.

"이제 괜찮아."

오빠가 말했다.

"누가 총에 맞은 걸까?"

"그냥 경고 사격일 거야. 부자들이 죽으면 돈을 뜯기 힘들 테니까."

오빠는 걸음을 재촉했다. 우리는 공원으로 들어갔다. 딱딱한 맨땅 위에 친 텐트들이 보였다. 모닥불 주위에 사람들이 부서진 낡은 가구를 깔고 앉아 있었다. 저 사람들은 어디에서 왔을까? 무슨 이유로 노숙을 하게 된 걸까? 텐트 안에서 통조림 몇 개로 지내도 괜찮을까?

난데없이 기침 소리가 들렸다. 오빠는 마루키가 반응할까 봐 재빨리 마루키의 머리를 감싸 안았다. 소리나는 쪽을 돌아보니 나무 아래에 선 남자가 캠핑하는 사람들을 지켜보고 있었다. 오빠는 내 소매를 끌어내려 주저앉혔다.

우리 셋은 조용히 남자 눈에 이글거리는 불꽃을 바라보았다. 악의에 찬 눈빛 같았다. 저 눈이 우리 쪽으로 향하면 어쩌지? 나는 엉금엉금 기어서 뒷걸음쳤다. 조용히, 멈추지 않고 천천히, 입을 벌려 작게 숨을 쉬면서, 덤불숲이 내 몸을 가려 줄 때까지.

오빠와 마루키가 내 옆으로 왔다. 오빠는 내 손을 끌어당겨 마루키의 목덜미를 잡게 했다. 우리는 왔던 길로 돌아가 천천히 공원의 다른 길로 향했다.

덤불숲을 헤치고 나가자 달빛에 어른거리는 하얀 띠가 나타났다. 하얀 콘크리트 길이 잿빛 하늘 아래 까만 나무들에 둘러싸여 있었다. 나무 사이로 배수로나 시냇물이 있는지, 나즈막이 물 흐르는 소리가 들렸다. 오빠는 우리를 길 가장자리로 걷게 했다.

"소리 내지 말고 걸어!"

오빠가 주의를 주었다.

숨소리를 참느라 입이 바짝 마르고 배 속이 꽉 조였다. 그때 희뿌연 콘크리트 길 위로 작고 하얀 불빛이 둥실둥실 떠다니는 게 보였다. 처음에는 그게 무엇인지 알 수 없었다. 그런데 한순간 나방 수천 마리가 한꺼번에 날아드는 듯한 굉음이 귓속으로 파고들었다. 그와 함께 바퀴가 콘크리트 도로 위로 지나갔다. 자전거였다!

오빠가 재빨리 팔을 뻗어 나를 길에서 멀리 떨어진 수풀 속으로 잡아당겼다. 우리는 정신없이 달렸다. 자전거들이 우리를 향해 시끄럽게 벨을 울리며 쫓아왔다. 울퉁불퉁한 땅을 밟고 달리느라 자전거 불빛이 덤불과 나무와 그루터기 위로 마구 넘실거렸다.

나는 오빠에게 속수무책으로 끌려가다 자전거 앞바퀴에 걸려 발을 헛디뎠다. 오빠는 나를 놓치지 않으려고 안간힘을 써서 질질 끌고 갔다. 낙엽 쌓인 땅에 코를 박았으니 목구멍으로는 흙이 넘어갔다. 바닥에서 일어나려고 버둥거려 봐도 아무 소용이 없었다.

'오빠, 제발 나 좀 놔줘! 날 지켜 준다고 했잖아.'

목소리는 나오지 않고, 다리만 허공에서 속절없이 허우적거렸다. 그런데 이번에는 어떤 손아귀가 내 다리를 붙드는 게 느껴졌다. 나는 너무도 놀라 비명을 질렀다.

그때 검은 그림자가 컹컹 짖으며 내 위로 날아들었다. 마루키였다! 내 다리를 붙잡은 손에 힘이 풀렸다.

"으아악!"

비명은 예상 밖으로 앳된 목소리였다.

크르르르 크르렁.

마루키가 줄다리기 놀이를 할 때 내는 소리였다. 아마도 아이의 바짓가랑이나 신발을 물고 늘어진 모양이었다.

또 다른 자전거가 빛줄기를 번쩍이며 달려와서 끼익, 타이어 마찰음을 내며 멈추었다.

"무슨 일이야?"

"살려 줘!"

마루키가 물고 있던 아이를 놓아주었는지, 갑자기 사납게 짖기 시작했다.

"어서 여길 뜨자!"

자전거 소년들이 황급히 도망쳤다.

"마루키!"

오빠가 부르자 마루키가 달려와 내 얼굴을 핥았다. 나는 마루키의 목덜미를 끌어안았다. 오빠가 나를 일으켜 세웠다.

우리는 달렸다. 관목에 부딪혀도, 나뭇가지에 긁혀도, 나무뿌리에 발이 걸려도 쉬지 않고 달렸다. 무슨 소리가 들려도 아랑곳하지 않고 계속 달렸다. 너무 무서워서 그런 건 신경 쓸 겨를이 없었다.

이윽고 어떤 나무 밑에 다다랐을 때 오빠가 달리기를 멈추고 가만히 숨을 죽였다. 나도 숨을 꼭 참은 채 자전거 바퀴와 체인 소리가 나지 않는지, 누군가의 목소리가 들리지 않는지 귀를 기울였다.

난데없이 올빼미가 우는 바람에 깜짝 놀라 펄쩍 뛰었다. 나는 쿵쾅거리는 가슴을 움켜잡았다.

"괜찮아?"

"응."

나는 작게 대답했다.

"항상 뛸 준비를 해, 엘라. 언제든지 말이야."

그게 무슨 말이야? 내가 더 빨리 뛸 수 있는데도 안 그랬다는 거야?

"오빠가 갑자기 잡아당겼잖아! 나도……."

"됐어. 어서 가기나 해!"

나는 오빠를 확 밀어 버렸다. 무서웠다. 만약 그 애들의 수가 훨씬 더 많았다면 어떻게 되었을까? 만약 어린애가 아니라 어른이었다면? 개를 무서워하지 않았다면? 누가 마루키에게 총을 쏘았다면? 나는 훌쩍이지 않으려고 입으로 숨을 훅 내쉬었다. 오빠한테 우는 걸 들키고 싶지 않았다. 하지만 손이 떨리는 건 멈출 수 없었다.

"계속 가자."

오빠가 내 팔을 잡더니 더듬거리며 손을 찾았다. 내 손이 떨리는 걸 오빠도 분명 알아차렸겠지.

"꼬맹아, 이제 괜찮을 거야."

오빠가 내 손을 꼭 쥐었다.

"나, 아기 아니야!"

사실 오빠 때문에 화가 난 건 아니었다. 넘어지고, 질질 짜고, 어린애처럼 구는 나 자신이 너무 한심해서 화가 났다.

"쉿."

오빠는 다 이해한다는 듯 나를 힘껏 끌어안았다. 아빠를 꼭 닮은 깡마른 팔이었다. 아빠가 더욱 보고 싶어졌다.

우리는 시커먼 나무 사이를 조심조심 걸으며 우리를 도시 밖으로 이끌어 줄 희뿌연 콘크리트 도로를 찾았다.

아직 도둑맞지 않은 태양광 가로등이 자전거 도로를 비추었다. 오빠는 불빛이 비치는 동그라미 속이 아니라 그 바깥으로 우리를 걷게 했다. 빛은 우리 편이 아니었다.

탈출

밤새도록 걸었다. 다리가 무겁고 쑤시고 아파도 계속.

이윽고 걸음을 멈추었을 때, 오빠는 밤하늘의 별과 대지를 두리번거리며 무언가를 찾는 시늉을 했다. 마루키도 열심히 코를 킁킁거렸다. 그러더니 늑대처럼 높고 길게 목청을 뽑아 올렸다. 하울링이었다. 그러자 어둠 속 멀리서 컹컹 낑낑, 개들의 울음소리가 들렸다.

"고마워, 마루키."

오빠 말이 떨어지기 무섭게 마루키가 어둡고 거친 땅을 질주했다. 민둥산 위로 올라 나무 몇 그루를 지나니 작은 헛간이 나왔다. 털이 북슬북슬한 개 두 마리가 헛바닥을 쭉 빼 내밀고 폴짝폴짝 뛰어올랐다. 울프와 베어였다! 그런데 그 둘이 전부가 아니었다. 고개를 돌려 보니 또 다른 하얀 형체가 나무 밑동에 묶여 폴짝대고 있었다.

"저게 뭐지?"

"오이스터랑 스퀴드."

"타마네 개들? 내 비스킷이랑 쟤들을 바꿨단 거야?"

나는 열이 확 뻗쳤다. 비스킷을 잃은 데다 군식구까지 생기다니!

"응! 타마랑 걔네 형이 배를 구해서 뉴질랜드로 간댔거든. 가는 동안 생선만 먹으면 질릴까 봐 비스킷 좀 쟁여 두고 싶대서 줬지. 우리도 같이 가겠느냐고 묻던데?"

오빠가 웃음 섞인 목소리로 말을 계속했다.

"타마 걔, 낚시 실력이 진짜 형편없거든. 배고프다고 우리 개들을 잡아먹으면 어째? 딱 잘라 싫다고 했어. 너까지 잡아먹어 봐. 보다시피 살도 없는 애를."

오빠가 날 쿡 찔렀다.

"하지 마!"

오빠가 웃었다.

"농담 아니라니까. 언젠가 타마가 그랬거든. 형이 너무 굶주려 있는데 그냥 두면 밤에 몰래 오이스터랑 스퀴드를 잡아먹을 것 같다고. 차라리 시골로 보내서 캥거루라도 잡아먹게 해 주고 싶다더라. 하여튼 이리 와 봐!"

오빠는 내 손을 잡아끌어 차가운 쇠막대기에 올렸다. 쓱 만지다 보니 벨트처럼 질긴 고무 끈과 타이어, 그다음엔 길쭉한 손잡이가 손에 닿았다. 그리고 세발자전거처럼 커다랗고 우둘투둘한 앞바퀴 한 개와 그보다 작은 뒷바퀴 두 개가 만져졌다.

"타마네 머싱 카트잖아? 그 크고 멋진 거?"

과연, 이거라면 앤꿀 비스킷과 바꿀 만했다.

"응, 거기다 캠핑 도구랑 커다란 사냥용 칼도 받아 왔어. 만반의 준비가 끝났지!"

오빠는 우쭐대며 텐트랑 침낭, 냄비, 칼 등을 꺼내 보였다.

나는 오이스터와 스퀴드에게 다가가 손을 내밀었다. 두 녀석이 반갑게 손을 핥았다. 우리, 한 팀이 되어도 괜찮겠지?

"문제는, 지금은 어두워서 텐트를 못 친다는 거. 몇 시간만 침낭에서 자. 동 트면 바로 도시를 빠져나가야 해."

나는 신발을 벗고 오빠가 준 침낭 속으로 들어갔다. 울퉁불퉁한 맨땅의 감촉이 고스란히 전해져 왔다. 엉덩이가 배겨 잠이 오지 않았다. 한참을 뒤척이다 베어의 등에 기대니, 가만히 곁을 내주었다. 나는 베어의 심장 박동과 숨소리를 들으며 내일은 얼마나 멀리 가야 할까 걱정했다. 잠깐이라도 눈을 붙여야 할 텐데, 자꾸만 낯선 발소리가 들리는 것만 같아 신경이 곤두섰다.

어느새 잠이 들었을까. 베어가 자리에서 벌떡 일어나는 바람에 덩달아 잠이 깼다. 지평선이 붉게 물들고 있었다.

"엘라, 신발 신어."

오빠의 말에 몸을 움직여 보았지만 입에서 절로 신음 소리가 흘러나왔다. 온몸이 쑤셔서 몸을 일으킬 수가 없었다. 입안은 바싹 말라 생선 썩는 냄새가 진동했다.

오빠가 캔을 하나 따서 마루키부터 한 마리씩 차례로 정어리를 입에 넣어 주었다. 개들은 오빠 손가락까지 깨끗이 핥아 먹었다.

"얘들은 오늘 아침에 많이 뛰어야 해. 우리는 한동안 굶어도 버틸 수 있겠지만, 개들은 아니니까……."

오빠 말에 나는 고개를 끄덕였다. 나도 생선에는 별 미련이 없었다.

신발을 신고 침낭을 둘둘 말아 카트 짐칸에 실었다. 옆에는 또 다른 침낭과 작은 텐트, 그리고 2리터짜리 물병 두 개가 실려 있었다. 나는 물병 하나를 꺼내 무게를 가늠해 보고는 벌컥벌컥 물을 마셨다. 마루키가 나를 보고 입맛을 다셨다. 카트에 실려 있던 냄비에 물을 담아 마루키에게 먼저 건넸다. 그런 다음 베어, 울프, 오이스터, 스퀴드 순으로 모두 물을 마시게 했다.

시시각각 하늘이 밝아졌다. 이윽고 대지가 모습을 드러내자 마음속에서 뭔가가 울컥 치밀었다. 온 세상이 너무나 황량했다. 메마른 땅에 삐죽 튀어나온 앙상한 나무 몇 그루와 초라한 잡초. 초록빛은 찾아보기 힘들었다. 잔디가 시들고 공원이 황폐해진 건 알고 있었다. 그래도 도시 밖까지 이 정도일 줄은 몰랐다. 텔레비전 뉴스에서 본 장면은 과장이 아니었다. 밀알이 빨개지다 까맣게 타 들어가듯 죽어 버리는 모습. 이 나라 전부가 온통 잿빛으로 변했다. 붉은 땅이 언덕 너머에도 계속 펼쳐져 있다니. 마치 사막이나 달 표면에 서 있는 듯했다.

오빠는 개들을 묶을 하네스(썰매를 끄는 개의 몸통에 입히는 고리와 벨트로 이루어진 장비. 갱라인이라는 견인줄에 연결되어 썰매개가 달리는 힘을 썰매에 전달한다.―옮긴이)를 카트 앞에 늘어놓았다.

"허스키는 빠르고 맬러뮤트는 힘이 세. 베어와 울프를 카트 가까이에 두면 좋겠지만 꼭 그러지 않아도 돼. 오이스터랑 스쿼드가 이 카트에 익숙하니까 바로 앞에 세워야겠어. 그 앞에 베어와 울프, 맨 앞에는 마루키. 그리고 우리는 뒤에서 카트를 밀면서 달리는 거야. 타마가 하던 식으로."

그럴듯한 계획이었다. 베어와 울프는 마루키를 대장으로 삼아 졸졸 따라다니는 버릇이 있었다. 오이스터와 스쿼드는 신참이지만 정어리를 먹고 나자 오빠가 하는 말은 무엇이든 잘 들었다.

오빠가 개들한테 하네스를 씌우고, 내가 한 마리씩 갱라인에 고리를 채웠다. 개들이 잔뜩 들떠 깽깽거렸다. 어서 출발 신호가 떨어지기를 기다린다는 듯이.

오빠가 카트 뒤편의 발판에 올라타더니 마루키를 향해 줄을 당기라는 신호를 보냈다.

"마루키, 준비!"

그러고 나서 나를 발판 위로 끌어올려 자기 앞에 세웠다. 마루키가 조랑말처럼 제자리에서 껑충거리는 사이 오빠는 줄이 잘 매였는지 살펴보고 바닥에서 줄을 띄웠다. 이윽고 달릴 준비가 되었다.

"마루키, 출발!"

오빠는 브레이크를 푼 뒤 한 발로 바닥을 차 힘껏 밀어냈다. 마루키가 앞으로 껑충 몸을 던지자 갱라인이 쭉 당겨졌다. 뒤이어 베어와 울프가, 오이스터와 스쿼드가 깽깽 울며 그 뒤를 따랐다. 순간 카트가 움직이면서 세찬 바람이 눈으로 파고들었다. 머리카락이 마구 헝클어졌다.

"오빠!"

예상 밖의 속도에 놀란 나머지, 나는 그만 비명을 지르고 말았다. 오빠는 브레이크가 달린 핸들로 방향을 조종하면서 나더러 핸들 프레임을 꼭 붙잡고 있게 했다. 앞바퀴 덮개 바로 뒤에 달린 변속기가 미친 듯이 흔들렸다. 변속기는 그물망과 고무 밧줄 몇 개로 간신히 지탱했다. 나는 계단 폭보다 좁은 고무판을 밟고 서 있었다.

"조금만 견뎌! 곧 속도를 늦출 거야! 길이 매끄러운 동안은 쭉 달려야 해!"

핸들 프레임을 너무 세게 붙든 탓에 주먹 관절이 종잇장처럼 하얘졌다. 그렇게 한참을 달리고 나서야 이대로라면 어디 부딪히거나 넘어질 위험은 없겠다는 생각이 들었다.

우리는 계속 자전거 도로를 따라 달렸다. 길이 조금 구부러지면 오빠는 왼쪽으로! 하고 소리쳤고, 마루키는 침착하고 능숙하게 방향을 틀었다. 마루키가 비상한 집중력을 발휘해 오빠의 명령에 귀 기울이고 있다는 걸 알 수 있었다. 대장견 마루키는 우리를 목적지로 무사히 인도해 주리라 나는 믿었다.

이제 개들은 속도를 늦추고 여유롭게 달렸다. 어느새 자전거도로가 고속도로와 나란해지더니 자동차 한 대가 우리 뒤로 따라붙었다. 전기 자동차라서 그런지 엔진 소리는 없고 바퀴 소리만 들렸다. 지붕에 까만 태양광 패널이 달린 빨간 자동차는 무엇이 그리 급한지 전속력을 다해 우리를 앞질러 갔다. 뒷좌석에 앉은 아이가 창문에 얼굴을 대고 우리 쪽을 바라보다 나와 눈이 마주쳤다.

이른 아침 햇살에 모든 게 또렷이 보였다.

그 아이는 간만에 희귀한 구경거리라도 만난 듯 길이 갈라진 뒤에도 우리를 계속 바라보았다. 하지만 나는 아이 쪽을 바라보고 싶지 않았다. 우리는 비슷했으니까. 타고 있는 게 자동차든 개 썰매든, 그 아이도 나도 도시가 무서워 탈출하고 있다는 사실에는 차이가 없었다. 그 사실을 재차 확인하기가 두려웠다.

우리는 어쩌면 사람들에게서 떠나려는 건지도 모르겠다. 총으로 위협하며 생선 통조림을 빼앗는 사람들에게서, 우리 개를 잡아먹으려는 사람들에게서 벗어나고 싶은 건지도 모르겠다.

아이는 고속도로를 타고 가고, 우리는 포장되지 않은 시골길로 향했다. 빨간 자동차가 점점 작아졌다.

저 아이와 나, 둘 중에 누가 맞는 길로 향해 가는 걸까?

아무도 믿지 마

해는 높이 떠오를수록 뜨거운 열기를 내뿜었다. 속도를 늦춘 개들은 혀를 늘어뜨린 채 종종걸음을 쳤다. 한때 기찻길이었던 철로 위로 오르막길이 이어졌다.

"이 오래된 길을 따라가면 작은 시골 마을들이 나와. 여기는 세월이 흘러도 똑같네."

개들이 숨을 헐떡거리자 오빠가 카트를 세웠다. 카트에서 내려 한참 동안 개들과 나란히 걸었다. 이글거리는 햇빛에 정수리는 뜨거웠고, 아무것도 먹지 못한 속이 쓰라렸다.

"콘크리트는 개 발바닥에 안 좋아. 너무 뜨거워서 뛰기도 힘들 거고. 풀숲이 나오면 좀 쉬면서 개들한테 캥거루나 먹을 것 좀 잡아 주자."

오빠는 허리춤에 찬 칼집을 쥐며 말했다. 내가 알던 오빠와는 다른 야생 소년의 모습이었다.

한참을 걷다 보니 아치 모양의 기둥이 다리를 떠받친 낡은 철교가 나타났다. 그늘이 있는 시원한 물가였다. 쉬어 가기 딱 좋은 장소였다.

오빠가 마루키를 데리고 냇가로 내려가자 나머지 개들이 그 뒤를 따랐다. 나는 혹시라도 카트가 앞으로 고꾸라져 개들을 덮칠까 봐 브레이크를 잡고 맨 뒤에서 걸었다.

오빠가 마루키를 냇물에 풀어 주며 제일 먼저 물을 마시게 했다. 뒤이어 베어와 울프도 풀어 주었다. 둘은 총총거리며 마루키를 뒤따랐다.

"오이스터와 스퀴드는 아직 풀어 주지 마. 내가 데려갈게."

두 녀석은 아직 우리 무리에 완전히 섞이지 못한 걸까. 오빠는 만일에 대비해 둘한테 채운 목줄 끄트머리를 손에 감고 물을 먹였다. 나는 카트를 남의 눈에 띄지 않게 덤불 속에 숨겼다.

마루키가 낮게 으르렁거리며 다리 아래를 노려보았다. 첨벙 첨벙 물놀이를 하던 울프와 베어가 마루키가 신경 쓰는 쪽을 바라보았다.

다리 밑에서 뭔가가 휙 지나가는 인기척이 느껴졌다. 오빠가 뒷걸음치며 나에게 다가왔다.

"덤불 뒤로 가!"

오빠가 오이스터와 스퀴드의 목줄을 내 손에 쥐여 주고는 덤불 쪽으로 날 훅 밀쳤다. 그러고는 몸을 낮춘 뒤 앞으로 내달렸다. 한 손에는 어느새 칼을 쥐고 있었다.

잠시 후 오빠가 마루키를 향해 손가락을 딱 튕겼다. 마루키는 당장이라도 적에게 달려들 것처럼 목털을 곧추세우며 이빨을 드러냈다. 베어와 울프도 앞다투어 냇물에서 뛰쳐나와 오빠에게 달려갔다.

기둥 뒤에서 하얀 운동화가 돌에 미끄러지더니 허둥대며 순식간에 사라졌다. 우리처럼 더위에 지친 누군가가 다리 밑에 앉아 쉬고 있었던 모양이다. 나는 오이스터와 스퀴드를 데리고 오빠 뒤를 쫓아갔다. 절대로 오빠 혼자서 위험을 무릅쓰게 할 수는 없었다.

그런데 오이스터와 스퀴드, 이 두 녀석이 상황을 완전히 잘못 파악했다. 무슨 놀이라도 하는 양 신이 나서 무턱대고 다리 밑으로 달려가려고 했다. 나는 끌려가지 않으려고 힘껏 버텨 봤지만 줄을 잡은 손이 불에 덴 것처럼 화끈거렸다. 얼굴을 땅에 들이받지 않으려고 몸을 뒤로 젖히며 안간힘을 다해 매달렸다.

알고 보니 다리 밑에서 쉬던 사람은 유모차를 끄는 젊은 여자였다. 유모차 손잡이를 잡고 있던 아기는 커다란 개 다섯 마리를 보자 눈을 크게 뜨고 아랫입술을 덜덜 떨었다. 마루키는 성난 맹수처럼 유모차를 향해 짖어 댔다. 아기 엄마가 유모차 앞으로 황급히 뛰어들며 마루키를 막아섰다.

"마루키, 안 돼!"

내가 소리를 지르자 마루키가 멈추었다. 그 사람은 위협해야 할 대상이 아니었다. 제 아기를 지키려고 몸을 돌렸을 뿐이다.

그러나 허스키들은 계속해서 나를 질질 끌고 마루키에게 달려 갔다. 그 서슬에 나는 마루키에게 덤벼드는 허스키들과 한데 엉 키고 말았다. 마루키가 으르렁거리자 스퀴드가 허둥대며 도망쳤 다. 마루키가 그 뒤를 잽싸게 쫓았다. 오빠가 달려와 물러나라고 소리쳤지만, 마루키는 아랑곳하지 않고 스퀴드의 하얀 털을 한 입 물어뜯었다. 오이스터가 스퀴드를 지키려고 으르렁댔다. 하 지만 이미 늦은 뒤였다. 오빠는 마루키를 떼어 내느라 정신이 없 었다.

우리가 이렇게 난리 법석을 부리는 사이에, 아기 엄마는 다리 반대편으로 유모차를 밀고 가다 돌부리에 쿵, 하고 세게 부딪혔 다. 아기가 깜짝 놀라 울기 시작했다. 아기 엄마는 우리가 사납 고 위험하다고 생각했는지 자꾸 뒤를 힐끗거렸다.

이번에는 멀리서 지켜보던 베어와 울프가 유모차를 쫓아 달려 갔다. 아기 엄마는 손을 내저으며 둘을 쫓아내려고 했다. 그러는 통에 유모차가 덜컹거리자 아기는 빽빽 울어 댔다. 더군다나 짐 까지 잔뜩 실려 있어서 한 손으로 방향을 조절하기가 힘들어 보 였다. 유모차는 겨우겨우 길로 빠져나가 다리 건너편으로 부리나케 달려갔다.

"잠깐만요! 괜찮아요? 물이나 음식은 있어요?"

"가게 돼."

오빠가 말했다.

"하지만 너무 덥잖아. 물병에 물도 못 채웠으면 어떡해?"

"너, 정신이 있는 거야? 절대로 다른 사람한테 음식을 갖고 있다는 티를 내지 마."

오빠는 오이스터를 휙 밀쳐 마루키한테서 떼어 놓았다.

"정어리 통조림밖에 없는데, 뭐."

"그래, 그 빌어먹을 통조림을 빼앗기 위해 우리한테 총을 쏘겠지."

"그게 무슨 소리야?"

"저 여자가 나쁜 사람을 만나서 아기를 빼앗겼다고 치자. 아기를 돌려 달라는 조건으로 음식이 어디 있는지 알려 주겠다고 하지 않겠어? '다리 밑에 가 보세요. 음식을 가진 애들이 있어요.' 그럼 어떡할래? 그다음엔 나쁜 사람들이 어떤 짓을 할 것 같아?"

"아……."

"그 여자한테는 그게 최선이야. 생존을 위해선! 그러니까 다른 사람한테 가까이 다가가지 마. 네 일이나 신경 써. 도시에서 가능한 한 멀리 도망치는 일 말이야."

"그럼 우리는 아무한테도 친절하면 안 돼?"

"세상이 바뀌었어, 엘라. 예전처럼 사람을 믿으면 안 돼."

아기 우는 소리가 점점 잦아들었다.

"아니, 우리는 달라. 그리고 우리 말고도 선량한 사람들, 남을 배려하는 사람들은 많을 거야."

아빠는 머리로 걷는 법을 배우라고 했지, 나쁜 사람이 되어야 한다고 말하지 않았다.

"그래그래, 네 바람이 맞길 바란다."

오빠는 오이스터와 스퀴드의 목줄을 내 손에 쥐여 주고 마루키를 냇가로 데려갔다.

터무니없는 희망이라는 걸 나도 안다. 이미 오래전부터 닥치는 대로 빼앗는 사람들의 모습을 수없이 보아 왔으니까.

나는 오이스터와 스퀴드를 끌고 냇물 안으로 들어갔다. 무릎을 꿇고 마음껏 물을 마셨다. 옷이 젖든 말든 상관없었다. 이미 땀에 흠뻑 젖었으니 어차피 또 말려야 했다.

다리 밑에서 쉬고 있노라니 슬슬 걱정스런 생각이 들기 시작했다. 오빠 말대로 그 아기 엄마가 나쁜 사람들한테 우리가 여기 있다고 말했으면 어떡하지?

오이스터와 스퀴드가 냇물을 마신 뒤, 나는 다리 그늘 아래 작은 나무에다 두 녀석을 묶고 그 옆에 앉았다. 나머지 개들은 차가운 냇가 흙바닥에 몸을 쭉 펴고 누워 잠을 청했다.

오빠는 카트와 갱라인을 점검하며 미리부터 떠날 채비를 했다. 하네스의 상태를 하나하나 살펴보고 개들의 발바닥이 괜찮은지도 꼼꼼이 확인하고 나서야 내 옆에 앉아 쉬었다.

해가 뉘엿뉘엿 넘어가자 우리는 한 번 더 물병을 채웠다. 오빠는 정어리 통조림 두 개를 따서 개들에게 각각 세 마리씩 먹였다. 우리도 각자 작은 정어리 한 마리로 허기를 달랬다. 비스듬하게 내리쬐는 햇빛을 얼굴에 받으며 우리는 다시 출발했다. 산 뒤로 해가 완전히 넘어가자 아득한 하늘이 붉게 물들었다.

쉼터를 찾았다. 땡볕에 지친 소 떼와 양 떼를 잠깐씩 머물게 하던 장소로 보였다. 방목지에서 풀을 잔뜩 뜯고 돌아오던 동물들의 발길에 다져져서인지 땅이 단단하고 매끈했다.

모두에게 냄비에 담은 물과 정어리가 주어졌다. 정어리는 싫었지만, 배가 너무 고파 억지로 삼켰다. 텐트를 깔고 그 위에 침낭을 폈다. 개들이 우리를 사방으로 에워싸니까 한결 마음이 놓였다.

밤은 정말 추웠다. 나는 누워서 나뭇가지들 사이로 총총 빛나는 별을 바라보았다. 아빠는 어디 있을까? 엄마를 찾았을까? 아니면 벌써 집에 도착해서 우리가 떠난 사실을 알게 되었을까?

눈을 감으면 회색과 적갈색으로 뒤덮인 채 메말라 버린 들판이 아른거렸다. 잡초와 가시뿐이고 초록색 풀은 어디에도 없는, 온통 죽은 땅.

언젠가 아빠는 이렇게 말했다. 전에는 사람이 이렇게 풀을 많이 먹는 줄 몰랐다고. 빵, 쌀, 국수, 옥수수, 고기, 유제품, 심지어 맥주까지 전부 다 풀에서 비롯된다면서.

"이래서야 사람이 소와 다를 바 없잖아? 어떻게 풀 하나로 식량의 대부분을 얻을 수 있었을까? 우리는 계란을 전부 한 바구니에 담는 실수를 저지른 거야."

그러고는 고개를 저었다.

물론 아빠가 내 대답을 바라고 한 말은 아니었을 거다.

"걱정 마세요, 아빠. 바구니는 풀로 만들지만 달걀은 곡물을 먹은 암탉이 낳으니까, 또 그러진 않을 거예요."

아빠는 또 까분다며 나를 얼싸안고 짧게 자른 내 머리카락을 쓰다듬었다.

아빠를 떠올리자 절로 미소가 새어 나왔다. 아빠가 내 가까이 있다고 생각하면서 잠들었다.

텐트를 치면 더 좋았겠지만, 개들과 옹송그리고 있으니 그런대로 등이 따뜻해졌다. 아침 해가 나무 밑동을 비추는 새벽, 오빠는 일찌감치 일어나 짐을 챙겼다. 나도 하는 수 없이 침낭에서 기어 나와 오줌 눌 장소를 찾았다.

낮게 떠오른 태양이 비추는 헐벗은 대지를 바라보았다. 땅이 갈라진 틈으로 잡초가 몇 포기 올라왔지만, 말라비틀어진 분홍빛 줄기에 아주 조그맣고 동그란 초록 이파리가 겨우 매달려 있었다. 저 언덕 너머 어딘가 초록 들판에서 양들이 풀을 뜯고, 황금색 밀밭이 반짝일 것만 같았다.

방송이 끊기기 전에, 뉴스에서는 이 세상에 식물이 한 종도 남지 않고 멸종할 거라고 했다. 아시아에서는 주식인 쌀이 바닥났고, 아프리카에서는 옥수수가 사라졌다. 미국도 옥수수 생산이 중단되었다. 물론 감자, 호박, 양배추도 키울 수 없는 지경이 되었다고 했다.

주변에 풀이 없어서 그런지 나무들도 목이 말라 보였다. 해가 뜨기 전인데도 붉은 황무지가 이글거렸다. 옅은 회색 가시덤불과 막대기처럼 말라비틀어진 잡초들만 군데군데 자리 잡고 있었다.

마루키, 울프, 베어는 포섬(호주에 사는 주머니쥐.—옮긴이)을 찾는 듯 나무 주위를 킁킁대며 올려다보았다. 오빠는 개들에게 물을 먹이고 나서 카트에 매었다. 오늘 아침 식사는 거르기로 했다. 아직 갈 길이 멀어서 통조림 두 개쯤은 아껴 두는 게 좋겠다는 계산이었다.

어디선가 오토바이의 굉음이 들렸다. 나는 재빨리 카트로 달려가서 개들을 나무둥치 뒤로 끌어당겼다. 오빠가 개들을 조용히 시켰다. 나도 오이스터와 스쿼드의 머리를 꼭 끌어안고 녀석들의 귀를 감싸며 속삭였다.

"쉿, 조용히 해. 조금만 참아."

오토바이 세 대가 자전거 도로를 달려 쏜살같이 사라졌다. 부릉대는 소리에 민둥산이 요동쳤다. 내 심장도 원래 박자를 잊은

것마냥 미친 듯이 쿵쾅거렸다. 마루키는 자신이 커다란 오토바이라도 되는 양 으르렁거렸다. 오빠가 고개를 저었다.

"더 멀리 가야겠어. 어서 서두르자."

우리는 카트를 끌고 자전거 도로로 나왔다. 목을 길게 빼고 도로 위에 오토바이 불빛이 보이는지 살폈다. 오빠는 한 손으로 마루키의 목덜미 털을 붙든 채 다른 손으로는 자기 목덜미를 문질렀다. 걱정되는 일이 있을 때마다 나오는 버릇이었다.

오빠는 지도를 꺼내 손가락으로 점선을 따라가며 찬찬히 살펴보았다. 그리고 차분하게 말을 꺼냈다.

"저들은 당분간 돌아오지 않을 거야. 가장 가까운 마을이 30분 정도 떨어진 거리에 있거든."

나는 고개를 끄덕이며 말했다.

"오토바이들이 우리를 보기 전에 먼저 소리로 알아차려야겠어."

출발한 지 얼마 지나지 않아 다시 오토바이 소리가 지축을 흔들었다. 오빠가 속도를 늦추며 좌회전하라고 지시했다.

"천천히, 천천히! 마루키, 왼쪽으로!"

카트는 자전거 도로를 빠져나와 넓게 펼쳐진 들판으로 향했다.

"산길로 간다!"

흙먼지를 날리며 메마른 들판을 가로질렀다. 한때는 양과 소들이 풀을 뜯던 방목지였을 테지만, 이제는 가시덤불과 잡초만 남아 있었다. 울타리 입구의 문짝은 활짝 열어젖혀 있었고, 기둥 사이를 잇는 줄은 사라져 버렸다.

카트가 덜컹거려서 자전거 도로보다 천천히 달렸다. 누군가에게 쫓기기보다는 차라리 불편을 감수하는 편이 나았다. 작은 언덕 사이로 내려가서 나무 몇 그루를 지나자 세상을 등지고 꽁꽁 숨어든 기분이 들었다.

이제는 사람이 뱀처럼 무서웠다. 그들이 우리를 공격할지, 아니면 다리 밑에서 본 아기 엄마처럼 우리를 꺼릴지 모르겠다. 제발 우리를 그냥 피해 가 주면 좋겠다, 멀리멀리.

해가 중천에 뜨자 가던 길을 멈추고 나무 그늘에서 쉬었다. 오빠는 마지막 남은 정어리 통조림 두 개를 꺼내어 개들에게 나누어 주었다. 우리 몫은 없었다. 오빠는 마지막 남은 은빛 생선을 스퀴드에게 건네다가 살짝 내 눈치를 보았다.

"개들이 못 뛰면 우리는 아무 데도 못 가."

목적지에 도착하면 과연 음식이 있을까? 여행을 계속하려면 당장은 오빠도 나도 굶을 수밖에 없었다. 물로 쓰린 배를 채웠다. 그대로 실신하듯 그늘에 한데 뒤엉켜 잠들었다. 아무것도 먹지 않고 계속 가는 일은 상상 이상으로 훨씬 힘들었다.

자동차 엔진 소리와 고함 소리에 잠이 깼다. 우리는 다 같이 귀를 쫑긋 세웠다. 도시에는 이제 전기 자동차만 다녀서 가솔린 자동차 엔진 소리가 낯설었다. 자동차가 멀어지는지, 시끄럽게 외치던 목소리도 서서히 사라져 갔다. 오빠는 안도감에 고개를 끄덕이더니 그대로 털썩 주저앉았다.

오빠가 다시 떠나자고 깨웠을 때는 너무 졸려서 한동안 정신을 차릴 수 없었다. 발판에 앉아 그물망에 두 다리를 얹고 멍하니 카트 아래로 흘러가는 붉은 땅만 바라보았다. 해가 지고 공기가 서늘해진 뒤에야 겨우 잠이 깨었다.

한동안은 고속도로와 나란히 달렸다. 조약돌이 두 줄로 깔린 비포장 도로였다. 저 멀리 정체를 알아보기 힘든 구조물이 보였다. 오빠는 그 장애물을 피해 땅이 움푹 패고 나무들에 가려진 내리막길로 향했다. 뒤이어 오르막길을 지날 때, 나는 도로에 있던 그 구조물이 다리 한가운데가 뚝 끊긴 채 무너져 내린 잔해라는 걸 알아차렸다. 무너진 다리 뒤쪽에는 말을 싣는 트럭이 뉘여 있었다. '도로 봉쇄'라고 쓴 표지판도 보였다. 거기에다 낡은 자동차와 경운기, 그 밖의 농기계들이 겹겹이 쌓여 거대한 방어벽을 이루었다. 자동차든 오토바이든 그 무엇도 통과하기가 쉽지 않아 보였다.

다시 내리막길로 가다 시냇물을 건너자 또 오르막길이 나타났다. 옛날에 양 떼가 다니던 길 같았다. 뒤를 돌아보니 두 남자가 자리에 앉아 말 트럭을 올려다보고 있었다. 둘은 모닥불을 피우고 하얀 플라스틱 의자에 앉아 담소를 나누었다. 틈틈이 종이 상자를 뜯어 불 속에 던져 넣었다. 의자 옆에는 소총 두 자루가 세워져 있었다.

나는 몸을 낮추었다. 오빠가 움푹 팬 길로 향했다.

"우릴 못 보았을 거야."

나는 고개를 끄덕였다. 고속도로에서 멀어지려고 아주 오랫동안 달려왔는데, 아직도 드문드문 사람과 집이 보였다. 황무지라고는 해도 오지는 아니었다. 한때는 농장이었고, 농부들이 부지런히 작물을 키우며 살았던 곳이었다. 그들이 아직 이곳에 머물고 있다면 정부의 식량 배급만 하염없이 기다리는 도시 사람들보다야 형편이 훨씬 나을 듯했다.

내리막길을 굽이돌자 자갈길이 이어졌다. 그러다 다시 고속도로와 나란히 뻗었다.

도로 끝에 나무로 둘러싸인 집 한 채가 보였다. 집 옆에 텃밭이 있었는데, 초록빛 농작물이 줄지어 자라고 있었다. 잠깐, 초록빛 농작물이라고? 그건 말도 안 돼.

"여기에는 누가 살고 있을까?"

"과일나무도 있어."

오빠는 대답 대신 입맛을 다시며 침을 꼴깍 삼켰다. 오빠는 몸집이 작긴 하지만 늘 많이 먹었다. 그러니 나보다 훨씬 더 배가 고프겠지.

우리는 둘 다 과일이 먹고 싶었다. 그렇지만 주인의 허락 없이 손을 대도 될까?

과일나무 주위에는 울타리가 쳐져 있었다. 울타리 모퉁이를 돌자 나이가 지긋해 보이는 아주머니가 앞치마를 두르고 앉아 염소 젖을 짜고 있었다. 염소가 개들의 갑작스런 등장에 놀란 듯 매애, 하고 울었다. 그 바람에 아주머니가 자리에서 벌떡 일어섰다.

"워워."

오빠는 재깍 카트에서 뛰어내려 마루키의 머리를 붙들고 걸음을 멈춰 세웠다.

"어머나, 여보! 여기! 남자애 둘이서 개들을 잔뜩 데려왔어!"

아줌마가 우리를 쳐다보며 누군가에게 소리쳤다. 그러자 나무 뒤에서 회색과 붉은색이 격자무늬를 이룬 물체가 움직였다. 곧 체크무늬 셔츠를 입은 아저씨가 걸어 나왔다. 아저씨는 손에 든 과일 바구니를 흔들며 우리를 위아래로 훑어보았다. 다른 손에는 총이 들려 있었다.

"그건 뭐냐?"

아저씨가 머싱 카트를 가리키자 오빠가 재빨리 대답했다.

"머싱 카트예요. 알래스카에서 타는 개 썰매와 비슷한데 바퀴가 달려 있어요. 허락 없이 함부로 들어와서 죄송해요."

"조금 놀랐지만, 괜찮다. 요즘 세상이 험악하긴 하지. 방어벽을 어떻게 통과했니?"

"저희는 산길로 다니는데, 지나다 보니 여기까지 왔어요. 엄마 네 집으로 가는 길이거든요."

"어머니가 어디 계시는데?"

"멀리 시골이요."

오빠는 아저씨의 물음에 모호하게 대답했다.

"부모님이 어디 계시다고?"

아줌마가 다시 물었다.

"엄마는 저쪽 시골에 계세요. 아빠는 저희 뒤를 따라오는 중이고요. 하루쯤 뒤처져서요."

나는 오빠를 쳐다보았다. 그 말이 사실이길 바랐다.

"저희가 이 근처 개울에서 캠핑을 좀 해도 될까요? 개들도 쉬게 하고 장어 좀 잡아 주려고요. 또 캥거루나 포섬이 있으면 잡아서 개들한테 먹이로 주고 싶은데요."

"난 이제 캥거루는 못 죽이겠더라. 잡초만 먹어서 뼈와 가죽만 앙상하니, 어디 불쌍해서 말이지. 어쨌든 마음대로 하렴."

"테드, 우리 집에서 묵게 해요. 방도 많고 음식도 충분하잖아요."

아줌마가 말했다. 나는 침대에서 자고, 샤워도 하고, 좋은 음식도 먹을 수 있다는 생각에 절로 입이 헤벌어졌다.

"아니, 괜찮아요. 저희는 시냇가에서 지내면 충분해요. 개들도 너무 시끄럽고요."

오빠 말을 듣는 순간, 나는 웃음이 싹 가셨다.

"하지만……."

오빠가 나를 보며 고개를 저었다.

"그래, 잠깐 기다려 봐. 집에서 먹을 것 좀 가져올게."

아줌마는 서둘러 집으로 들어갔다. 테드 아저씨는 우리에게 사과와 자두가 담긴 바구니를 건넸다.

"이것도 좀 가져갈래?"

"네, 주시면 감사하지요."

나는 카트에서 폴짝 뛰어내려 서둘러 아저씨에게 다가갔다. 서슴없이 사과 한 개와 자두 두 개를 집었다.

"더 가져가. 어차피 염소한테 줄 먹이란다."

아저씨가 바구니를 내 쪽으로 들어밀었다. 나는 티셔츠 앞자락에다 사과 세 개와 자두를 몽땅 털어넣고 카트에 있는 배낭에 옮겨 담았다.

"저흰 드릴 게 없어요. 죄송합니다."

오빠가 말했다.

"신경 쓸 거 없다. 과일은 남아도니까. 절임도 제법 많아. 버리지 않아서 다행이지, 뭐."

"고맙습니다. 그런데 혹시 주변에 외지인이 몰려다니진 않나요? 도시 사람들이 음식을 구하려고 산골 깊숙이까지 흘러드는 모양인데, 대부분 행동거지가 거칠더라고요."

"그래, 나도 여러 번 보았단다. 다른 농부들하고 합심해서 쫓아낸 적도 있어. 다들 집이 주요 도로에서 멀리 떨어져 있어서 교대로 방어벽에서 보초를 서고 있지."

"저희가 그 방어벽을 빙 돌아서 왔는데요. 혹시 도로에서 안 보이도록 숨을 만한 곳이 있을까요?"

"아, 저쪽 시냇가로 가면 괜찮을 거다."

아저씨는 고개를 끄덕이며 말하더니, 집에서 플라스틱 통을 들고 오는 아줌마를 보고 미소를 지었다. 첫 번째 통에는 구운 감자와 호박이 가득했고, 두 번째 통에는 커다랗고 네모난 치즈가 담겨 있었다. 하얀 염소 치즈라니, 믿을 수가 없었다. 유제품을 먹어 본 지가 하도 오래되어 얼른 한입 베어 물고 싶었다.

"와! 감사합니다."

나는 두 손을 뻗으며 인사했다.

"올해는 뿌리채소를 일찍 수확했는데, 하도 많아서 염소한테도 주고 이웃하고도 나눠 먹었단다. 과수원에서는 과일이 나지, 풀밭에는 염소를 먹일 풀이 나지, 순무가 자라는 텃밭도 있어. 이렇게만 지내면 우리는 과학자들이 붉은곰팡이들을 물리칠 방법을 찾을 때까지 잘 버틸 수 있을 거 같구나. 그런데 너희들, 정말 밖에서 자도 괜찮겠니?"

아줌마가 말했다.

"시냇가면 괜찮겠죠, 뭐."

내가 대답하는데 오빠가 끼어들었다.

"날이 밝는 대로 바로 떠나려고요. 주무시는 데 방해하지 않을

게요."

아줌마가 고개를 끄덕였다. 나는 플라스틱 통을 내 배낭에 집
어넣고 자두 두 개를 꺼냈다. 치즈 때문에 군침이 돌아서 당장
아무거나 입에 넣어야 했다.

"고맙습니다. 정말 고맙습니다."

오빠는 손을 흔들고 카트에 올라 내 뒤에 섰다.

"출발!"

황폐한 농장을 지나 커다란 감자밭을 돌았다. 오랜 시간 방치
되어 거친 트랙터 길을 따라 내려가자 개울이 나타났다. 마치 초
록 나무들이 한 줄로 구불거리며 붉은 땅을 뚝 잘라 낸 것처럼 보
였다. 둑길 가까이에는 종잡을 수 없이 돋아난 잡초들이 마치 제
땅이라고 고집부리듯 흙을 뒤덮고 있었다.

잿빛 줄기를 땅으로 축 늘어뜨린 잡초, 납작한 회색 잎사귀가
달린 잡초, 붉은 땅처럼 줄기가 빨간 잡초도 보였다. 그 틈바구
니에 조그만 초록 잎눈도 숨어 있었다. 언덕 위로 올라오는 염소
를 피해 숨어 있는 걸까?

오빠는 어깨 너머로 뒤를 돌아보고 또 돌아봤다. 그러는 사이,
우리는 아까 오빠가 간다고 말한 개울보다도 더 먼 곳을 향해 달
려갔다. 오빠는 테드 아저씨 부부조차 믿지 못하는 것 같았다.

"그 사람들 진짜 착해 보이던데."

내가 오빠에게 말했다.

"그렇게 보이긴 하겠지."

"착한 사람들 맞다니까. 쳇, 진짜 침대에서 자고 싶었는데. 아침도 배불리 먹고."

"그 사람들이 널 살찌워서 잡아먹을지도 몰라."

나는 팔꿈치로 오빠 배를 쿡 찔렀다. 더는 잡아먹힌다는 농담을 듣고 싶지 않았다.

머리로 걷는 법

해가 뉘엇뉘엿 넘어가고 있을 때, 오빠가 우거진 덤불 옆 둑으로 이어지는 모래밭에 카트를 세웠다.

"이쯤이면 아무도 우릴 못 보겠지."

오빠가 수면 위로 삐죽 나온 돌을 징검징검 밟으며 개울을 건넜다. 나는 카트 브레이크를 잡고 개들과 함께 서서 기다렸다.

"모래가 부드러워서 잘 때 등이 배기진 않을 거야."

그때 덤불숲에서 바스락거리는 소리와 함께 작은 캥거루 한 마리가 튀어나왔다. 캥거루는 깡충거리며 개울을 건너오더니 개들 앞에서 펄쩍 뛰었다. 놈은 말라도 너무 말라 보였다.

"워, 워!"

나는 개들이 날뛰지 않도록 소리쳤다. 하지만 마루키를 선두로 해서 울프와 베어까지 마구 짖어 대며 캥거루를 향해 뛰었다. 카트가 앞으로 기우뚱하며 쏠렸다. 나는 브레이크를 꽉 잡고 덜덜거리는 카트에 매달려 질질 끌려갔다. 방향을 돌릴 수도, 멈출 수도 없었다. 개들을 모두 풀어 주려고 안전장치에 손을 뻗었다.

빨간 안전장치에 손이 닿을락 말락 하려는 찰나, 카트가 휙 뒤집혔다. 나는 텐트와 함께 흙바닥으로 나뒹굴었다. 얼굴은 모래투성이가 되고 팔꿈치는 까졌다. 떨어질 때 카트에 부딪힌 머리가 띵했다. 그래도 안전장치 덕분에 카트가 서서히 멈춰 섰다. 개들은 아직 갱라인에 서로 연결되어 있었지만, 카트와는 따로 분리되어 쏜살같이 달려 나갔다.

"엘라!"

오빠가 내 옆으로 미끄러지듯 달려왔다. 나는 일어나 입에 들어간 흙을 뱉고 피가 나는 팔꿈치를 들여다보았다. 오빠가 걱정스러운 표정으로 내 어깨를 붙잡았다.

"난 괜찮아."

오빠는 내 어깨를 힘주어 꽉 잡고는 카트에 달린 주머니에서 칼집을 꺼낸 뒤 개들을 뒤쫓았다. 다섯 마리 개들의 공격을 받은 캥거루는 바닥으로 쓰러지면서 꽥 소리를 질렀다. 개들은 한층 더 흥분해서 엎치락뒤치락하며 먼지 구름을 일으켰다. 한 점이라도 고기를 더 먹을 셈으로 이빨을 드러내고 으르렁거렸다.

"그만!"

오빠가 그 북새통에 끼어들어 늑대처럼 울부짖는 오이스터와 마루키를 떼어 내자 순식간에 주위가 조용해졌다. 오이스터 혼자만 당장 캥거루를 집어삼키고 말겠다는 듯이 계속 으르렁거렸다. 아직 숨이 끊어지지 않은 불쌍한 캥거루는 또 한 번 소리를 질렀다. 나는 두 손으로 귀를 막았다.

"앉아!"

오빠가 바둥거리는 캥거루를 한쪽 발로 밟고 다시 소리쳤다. 엉덩이 네 개가 바닥에 딱 달라붙었다. 오이스터도 끝내 바닥에 엉덩이를 붙이고 앉았다.

오빠가 캥거루의 목을 베었다. 매우 익숙한 일인 듯 칼에 힘을 주어 빠르게 내리그었다. 나는 옷에 묻은 먼지를 탁탁 털고 절뚝대며 다른 쪽으로 갔다. 개들이 다치지 않았고, 더는 굶지 않게 되어서 기뻤다. 그렇다 해도 캥거루가 불쌍한 건 사실이었다.

캥거루가 피를 흘리며 죽어 가는 동안, 오빠는 갱라인의 연결 고리를 풀어 한 녀석씩 멀찍이 떨어뜨려 앉혔다. 그리고 캥거루를 여러 조각으로 잘랐다. 제일 먼저 큼직한 넓적다리 하나를 통째로 마루키에게 주었다. 그런 다음 앞다리 하나씩을 울프와 베어에게 주고, 남은 뒷다리 하나는 오이스터와 스퀴드에게 주어 뜯어 먹게 했다. 털가죽을 벗겨 낸 캥거루는 살이 얼마 없었다. 오빠는 나머지 넓적다리 하나를 여러 조각으로 잘라 다섯 마리 개들에게 고루 나누어 주었다. 머리는 잘라 멀찌감치 던졌다. 내

장은 땅 위에 쏟아 냈는데 심장은 이쪽에, 간은 저쪽에 놓는 식으로 여기저기 흩어 놓았다.

"자, 이렇게 떨어뜨려 놓으면 누가 뭘 먹는지 모를 테니 싸우지도 않겠지."

오빠는 갱라인을 둘둘 말아 정리했다. 나는 오빠와 함께 카트를 바로 세우고 주섬주섬 짐을 챙겼다. 그러고 난 뒤, 카트를 개울 건너 모래밭의 덤불 뒤로 옮겨 두었다.

우리는 자리에 앉자마자 치즈를 먹었다. 부드럽고 촉촉하면서도 짭짤한 맛이 입에 착 감겼다. 천국의 맛이란 바로 이런 걸 두고 하는 말일지도 모르겠다. 목구멍으로 치즈가 넘어가자 배 속이 꼬르륵댔다. 입안에 치즈를 계속 가득 머금고 있고 싶었다. 맛이 어땠는지 한동안 잊고 살았던 치즈. 염소젖으로 만든 치즈는 처음 먹어 보지만, 그 어떤 치즈보다도 훨씬 맛있었다.

"멈추질 못하겠어."

오빠는 플라스틱 통에 두 손가락을 넣어 치즈를 듬뿍 떠먹고는 나에게 통을 건네며 자기 손가락을 핥았다. 나는 꼴깍 침을 삼키며 남은 치즈를 떠서 입에 넣고 한동안 머금었다. 오빠가 다시 통을 건네받더니 마루키처럼 통째로 핥아먹고 나서 말했다.

"개울물로 얼굴이랑 팔꿈치 좀 씻어. 난 텐트를 칠게."

나는 오빠 말대로 했다. 팔꿈치 상처에 물이 닿자 무지 따끔거렸다. 하지만 꾹 참았다. 반창고는커녕 상처를 들여다봐 줄 사람도 없는데, 징징거려 봤자 아무 소용도 없으니까. 물병에 물을 채우고 짐을 쌓아 둔 곳으로 가서 카트가 넘어질 때 쏟았던 과일을 골라냈다. 멍든 과일은 상하기 전에 빨리 먹어야 한다. 내일 먹을 사과 하나랑 자두 두 개만 다시 가방에 담았다.

오빠랑 나는 텐트 안에서 침낭을 깔고 앉아 멍든 과일과 감자를 먹었다. 개들은 텐트 옆에서 각자에게 주어진 뼈다귀를 씹었다. 개들은 서로 눈치를 보다가 거리가 가까워질라치면 입에 뼈다귀를 물고 일어났다. 오이스터는 다른 개들한테 송곳니를 드러내 보였다. 싸우고 싶지 않은 스퀴드와 울프, 베어는 슬그머니 자리를 피했다.

"다들 배가 몹시 고픈가 봐."

"내일까지는 여기서 쉬는 게 낫겠어. 날이 갈수록 개들이 너무 말라 가니 걱정이야. 우리도 피곤하고. 여긴 안전한 곳 같아. 물고기나 캥거루를 또 잡을 수 있으면 좋을 텐데!"

마루키가 텐트 근처로 다가왔는데, 뼈다귀를 물고 있지 않았다. 어딘가에 묻어 둔 모양이었다.

"난 텐트 밖을 잽싸게 둘러보고 올게."

"나도 갈래!"

오빠 등에 업혀 개울을 건넌 덕분에 내 신발은 젖지 않았다. 우리는 근처에 있는 작은 언덕에 올랐다. 너무 어두워서 돌부리에 발이 걸려 넘어질 뻔했다. 하늘에는 빛이 아주 조금 남아 있었다. 다섯 마리 개들은 산들바람 속으로 코를 높이 치켜들고 콩콩대며 종종걸음으로 우리 뒤를 따랐다. 멀리 허름한 농가의 창문에서 빛이 새어 나왔다.

"바보 같기는. 등대처럼 눈에 잘 띄잖아."

오빠가 중얼거렸다.

"고속도로에서만 안 보이면 된다고 생각하는 게 아닐까?"

"오토바이를 탄 그 세 명이 못 볼 리가 없지."

"테드 아저씨한테는 총이 있잖아."

"놈들한테는 총이 세 자루 있을 테고. 아빠가 뭐라고 했는지 기억나?"

"세상이 거꾸로 돌아가면 머리로 걷는 사람이 제일 먼저 살아남는다?"

"바로 그거야! 아직도 발로 걷는 사람들은 언제든 세상이 옛날로 돌아갈 수 있다고 믿지."

"정말 그럴지도 모르잖아."

"만약 누군가가 이 땅에 키울 수 있는 농작물을 개발했다고 치자. 호주 전역에 씨앗을 보내는 데 금방 끝나겠니? 엘라, 우린 이세상 밑바닥에 있어. 아시아, 미국, 유럽에서 우리 같은 사람들수백만 명이 굶어 죽고 있다고. 씨앗을 제일 먼저 받은 사람이소와 양을 다시 키우기까지는 긴 시간이 필요해. 누가 도와줄 때를 기다리면 끝이 안 나. 뭐, 오지의 초목은 무사하다니 아직 건

강한 캥거루나 에뮤가 있을지도 모르지."

"도시 사람들이 모두 오지로 몰려가면 어떡하지?"

오빠가 큰 소리로 웃었다.

"대부분은 무서워서 그러지 못할 거야. 다들 귀한 목숨을 부지하느라 꼼짝 않고 집에 틀어박혀 있겠지."

"머리로 걷는 게 무섭다는 거야?"

"응, 할아버지는 땅에서 씨앗을 거두고 옛날 방식대로 풀을 키워 왔어. 우리나라 사람들은 수천 세대에 걸쳐서 그렇게 초원을 가꾸고 캥거루들이 건강해지도록 지켜 왔지. 엄마는 버섯을 키우니까 거기 도착하면 잘 먹을 수 있을 거야. 씨앗이 많으면 이웃 농가들과 나누고 그다음에는 다른 도시하고도 나누고, 또 그다음에는 온 나라 사람들과도 나눌 수 있을 거야."

잘은 모르겠지만, 오빠네 할아버지가 호주 전역에 있는 사람들을 구하기에는 이 땅덩이가 너무 크다는 생각이 들었다.

다음 날, 우리는 늦잠을 잤다. 오빠는 칼로 막대기를 날카롭게 다듬었다. 우리는 그 막대기를 들고 개울을 누비며 장어 낚시를 했다. 하지만 장어가 사람보다 더 교활하다는 사실을 깨닫고 배 속에 물만 가득 채우고 잠자리에 들었다. 개들의 뼈다귀는 전날 저녁 내내 씹어서 너덜너덜한 종잇장처럼 얇아졌다.

"내일은 일찍 일어나서 사냥하러 가야겠어. 한 마리도 못 잡으면 테드 아저씨한테 감자 좀 달라고 부탁해 볼까 봐."

"응, 좋아."

다음 날 먹을 음식을 생각하니 벌써부터 기분이 좋았다.

우리는 또다시 금방 곯아떨어졌다. 오빠랑 나랑 털이 북슬북슬한 다섯 마리 개는 다리도 옴짝달싹 못 하게 한데 꽁꽁 뭉쳐 잠의 나락에 빠져들었다. 나는 부드럽고 하얀 치즈가 내 티셔츠에 떨어지는 꿈을 꾸었다. 몇 번이고 후루룩 들이마셔도 치즈는 계속해서 떨어지고 또 떨어졌다.

한순간 마루키가 벌떡 일어나더니 내 발을 밟고 으르렁거렸다. 오빠가 재빨리 다가가 마루키를 꽉 안았다.

"쉿!"

멀리서 비명이 들렸다. 그리고 탕, 하는 총소리가 밤의 장막을 찢었다. 우리는 자리에서 벌떡 일어나 앉았다. 텐트 안은 너무 컴컴해서 아무것도 보이지 않았다. 오빠가 사방을 더듬거려 간신히 텐트 지퍼를 열었다. 농가로 향하는 오르막길 너머에 불빛이 이글거렸다. 누군가가 뭐라고 외치는 소리가 점점 더 커졌다.

"가서 도와야 해!"

테드 아저씨네 집에 불이 난 게 틀림없었다.

"조용히 해!"

오빠가 마루키 머리를 찰싹 때렸다. 마루키는 깜짝 놀라 으르렁대기를 멈추었다. 그전까지 한 번도 맞은 적이 없었기 때문이

다. 우리는 모두 숨을 죽이고 들리는 소리에 집중했다. 어른 남성의 목소리였다. 한 명이 아니었다.

"우리가 어떻게 도와? 애 둘이 개들이랑 가서 뭘 어쩌겠다고."

"오빠한테 칼이 있잖아."

"캥거루나 잡고 겁 주려고 휘두를 뿐이지. 어른하고 붙으면 쪽도 못 써."

오빠 말이 옳았다. 실은 나도 겁이 났다.

"무슨 일인지나 보고 올게. 넌 개들을 조용히 시키고 있어."

"싫어! 나도 갈래!"

"우리 둘 다 가면, 개들이 짖어 댈 거야. 넌 여기 있어."

오빠는 텐트 밖으로 빠져나가 지퍼를 닫았다. 마루키가 코를 킁킁대며 텐트 입구를 발로 긁었다.

"안 돼, 마루키! 기다려!"

나는 마루키를 끌어안았다. 마루키는 못마땅하다는 듯 연신 으르렁댔다.

오빠가 모래밭을 벌써 지나간 걸까. 잠시 물이 참방대는 소리가 나더니 잠잠해졌다. 멀리서 고함치는 소리만 들렸다.

개 다섯 마리가 헥헥대는 통에 바깥 소리가 잘 들리지 않았다. 무엇 때문에 저리 소리를 지르는지 잘 모르겠지만, 나도 모르게 머리털이 곤두섰다. 어쩌면 나는 그 이유를 알고 싶지 않은지도 모르겠다.

오빠가 나가고 나서 꽤 오랜 시간이 흘렀다. 혼자 남은 시간이 처음도 아니지만, 이번에는 꼬박 하룻밤을 다 새운 것처럼 길게 느껴졌다. 그때 마루키가 낑낑대더니 텐트 지퍼에다 코를 대고 킁킁댔다. 물이 참방이는 소리가 들렸다.

"나야!"

오빠가 속삭였다. 그런 다음 지퍼를 열고 텐트 안으로 들어왔다. 개 다섯 마리가 달려들어 오빠 얼굴을 핥았다.

"무슨 일이야?"

나는 작은 소리로 물었다.

"너무 늦었어. 집이 다 타 버렸어. 무슨 일이 있었는지는 잘 모르겠어. 날이 밝으면 가 보자."

나는 다시 누워 개 한 마리를 끌어안았다. 너무 어두워서 누구인지는 알 수 없었다. 오빠가 조용히 시키자 개들은 자리에 눕더니 곧 코를 골며 잠들었다. 나는 누워서 오빠 숨소리에 귀를 기울였다. 오빠도 선뜻 눈을 붙이지 못하는 듯했다. 곧 자동차 문이 쾅 닫히고 어둠 속에서 차들이 떠나는 소리가 들렸다.

날이 밝았다. 텐트 지퍼를 열자 개들이 밖으로 튀어 나가 아침 햇살을 맞이했다. 일어나 앉아 눈을 비비는데, 오빠는 벌써 텐트 밖으로 나가 신발을 신었다. 나도 서둘러 뒤따랐다.

"기다려! 나도 갈래!"

오빠와 함께 언덕에 올랐다. 테드 아저씨네 집은 아직까지 허공에 연기를 뿜어내고 있었다. 집은 뼈대만 남았는데 바로 옆 양철 창고 두 채는 온전해 보였다.

"나 혼자 가 볼게."

"괜찮아, 오빠. 모든 순간에 날 지켜야 한다고 생각할 필요 없어. 나도 갈래."

오빠는 못 미덥다는 듯 나를 쳐다보다가 고개를 끄덕였다. 우리는 함께 내리막길을 걸어갔다. 개들도 우리를 뒤따라왔다.

간밤의 불은 집을 남김없이 태워 버렸다. 집은 땅으로 꺼진 듯 시커먼 잿더미에 잔불만 남아 원래 거기에 무엇이 있었는지 짐작조차 할 수 없었다. 잿더미 속에서 토스터와 가스레인지, 냉장고를 발견했지만, 대부분 형체를 알아보기 힘든 상태였다.

오빠가 냉장고를 열어 보았다. 발로 쿵 건드리자 검게 탄 문짝이 떨어져 나갔다. 그 안에는 우리가 먹을 만한 음식이 하나도 없었다.

"치즈가 들어 있을 줄 알았는데."

오빠가 아쉬운 듯 말했다.

나는 건물 앞쪽으로 걸어갔다. 체크무늬 셔츠를 입은 사람이 도로 위에 고꾸라져 있었다. 테드 아저씨였다. 아저씨는 얼굴을 바닥으로 하고 엎어진 채 한쪽 팔이 뒤로 꺾여 있었다. 아저씨 쪽으로 몇 발짝 다가갔다. 아직 숨을 쉬고 있는지 확인해 봐야 한다는 생각이 들었지만 발걸음이 떨어지지 않았다. 스무 걸음쯤 앞인데 한 발짝도 더 다가갈 수 없었다. 아저씨를 도와야 하는데.

그때 베어가 내 곁을 지나 아저씨의 주검 앞으로 다가갔다. 멀찍이 거리를 둔 채 코를 내밀고 조심스레 냄새를 맡더니 도리질을 치며 뒤돌아가 버렸다. 냄새가 역하다는 듯 재채기까지 했다.

"엘라!"

오빠가 더 가까이 가지 못하도록 나를 붙잡았다.

"안 봐도 돼."

오빠가 속삭이더니 나를 붙잡아 끌었다.

"아저씨를 묻어 드리거나 해야지."

"아냐. 여우한테 줘. 혹시라도 저짓을 한 놈들이 남은 감자나 과일을 가지러 다시 오면, 자기네들이 무슨 짓을 했는지 봐야 하니까. 이리 와. 과일 좀 따 가자. 아저씨도 우리가 가져가길 바랄 거야."

나는 고개를 끄덕였다. 구역질이 치밀었지만 꾹 참았다.

불에 타 버린 집 옆에 있는 작은 과수원으로 갔다. 먹기 좋게 잘 익은 자두랑 사과, 살구를 땄다. 표면에 묻은 재를 바지에 문질러 닦았다. 팔이 나무판자처럼 무거웠다. 그래도 계속 따서 바구니를 절반가량 채웠다.

돌아가려는 길에 감자밭을 보았다. 오빠와 마루키는 감자도 몇 개 파내어 바구니에 담았다. 나는 서서 바라보기만 했다. 팔이 내 맘대로 움직이지 않았다. 맨바닥에 축 늘어진 테드 아저씨처럼 내 팔도 흐느적거렸다.

텐트로 돌아오자 갑자기 피로가 몰려왔다. 기어서 침낭 속으로 들어갔다.

"딴 데로 가야겠어. 여기를 떠나자."

내 말에 오빠는 고개를 저었다.

"여기에는 먹을 게 있잖아. 개들한테 줄 먹이도 사냥할 수 있어. 며칠만 더 머물자."

나는 아무 말도 하지 않았다. 그냥 눈을 감고 작은 우리 집을 떠올렸다. 아빠가 부엌에서 비스킷을 굽는 소리가 들리는 것 같았다.

"개울가로 가서 개들한테 먹일 만한 게 있나 찾아볼게."

"응, 알았어."

나는 아빠가 만든 비스킷 냄새를 떠올리며 코를 킁킁댔다. 밀가루로 비스킷을 만든 지 얼마나 되었더라? 버터도 아주 오래전에 바닥났다. 1년, 아니면 2년 전인가? 아빠가 너무 보고 싶었다. 아빠는 어디 있을까? 아빠도 어딘가에 테드 아저씨처럼 쓰러져 있을까? 그 깡마른 팔이 뒤로 꺾여 못쓰게 되었을까? 이런 말은 오빠한테 할 수 없었다. 오빠가 아빠를 그런 모습으로 떠올리게 하고 싶지 않았다.

"혼자 있어도 괜찮겠어? 애들 데려갈 건데 한 마리 두고 갈까? 멀리 가진 않을 거야."

"괜찮아."

말은 그렇게 했지만 나는 어딘가 망가진 것 같았다.

오빠가 개들을 데리고 나갔다. 등 뒤에서 햇볕이 따뜻하게 비추었다. 나는 침낭 속에서 몸을 작게 웅크린 채 잠이 들었다.

개들이 숨을 헉헉거리며 돌아왔다. 다리와 얼굴은 물에 젖고, 피 묻은 주둥이는 고기 냄새를 풍겼다. 녀석들이 내 주위에 둘러앉았다. 얼마 안 가 오빠가 들어왔다.

오빠는 허벅지에 찬 칼집에 칼을 꽂았다. 아직 팔뚝에 피가 묻어 있었다. 냇물에서 씻고 오는 걸 깜박한 모양이었다. 눈동자에는 야생 동물 같은 사나움이 어른거렸다. 거꾸로 돌아가는 세상에서 오빠는 이미 머리로 걷고 있었다. 오빠는 신발을 발로 차듯 벗어 던지고 침낭 위에 앉았다.

"뼈랑 가죽만 남은 캥거루를 한 마리 잡고 포섬도 발견했어. 죽어 있는 놈을 주웠지."

오빠는 하품을 하더니 드러누워 두 팔로 팔베개를 했다. 오빠랑 개들은 잠을 자며 한낮의 더위를 견뎠다.

죽은 사람을 보고 흔들리다니, 바보 같다는 생각이 들었다. 나는 머리로 걷지 않고 있었다. 하지만 그건 지극히 정상적인 반응이다. 평범한 사람들은 죽은 사람을 보면 충격을 받기 마련이니까. 테드 아저씨는 우리한테 친절히 대해 줬다. 착한 사람이니까 남들도 그런 줄 알았겠지. 치즈 선물만으로도 기뻐하던 우리처럼 그 악당들도 그냥 지나쳐 갈 줄 알았을 거다.

아빠는 우리가 나쁜 사람이 되기를 바라진 않겠지만, 우리가 무사히 살아 있기를 바랄 거다. 좋은 사람들을 도와줄 필요가 있더라도 우리는 반드시 도망쳐서 무사해야 한다.

나쁜 사람들이 테드 아저씨네 아줌마와 염소들을 데려가지는 않았으리라고 되뇌었다. 어딘가로 무사히 피신한 게 분명하다고, 이 모든 일이 끝나면 염소들과 함께 집으로 돌아와 새로 오두막을 짓고 다시 치즈를 만들며 살아갈 거라고 나 자신을 설득했다.

늦은 오후가 되었을 때, 우리는 불에 타서 무너진 그 집에 다시 가 보았다. 나는 집 가까이 있는 밭 너머로 걸음을 옮길 수 없었다. 그래서 오빠는 과일을 따고 나는 감자를 캤다. 캐 낸 감자를 냄비에 넣고 삶았다. 개울에서 감자를 씻어 냄비에 던져 넣고 꺼내길 수차례, 껍질째 삶은 감자가 배낭에 가득 찼다.

"아무도 불을 못 봤겠지?"

오빠는 연기가 구름 위로 올라가 사라지는 모습을 보면서 목덜미를 문질렀다.

음식을 잔뜩 쌓아 두고 있다는 사실은 기쁘지만, 그게 감자뿐이라면 사정이 다르다. 겨우 두 개를 먹었을 뿐인데 더는 들어가지 않았다. 목이 막혔다. 나를 쳐다보며 군침을 흘리는 개들에게도 감자를 하나씩 던져 주었다. 개들도 목이 메는지 더 달라고 보채지 않았다. 오이스터는 감자를 줄 때까지 얌전히 기다렸고, 마루키도 오이스터가 근처에 다가가도 더는 으르렁대지 않았다. 다들 함께 지내는 법을 배운 모양이었다. 속이 더부룩해서 자두를 먹고 개울물을 잔뜩 들이켰다.

그렇게 이틀이 지났다. 하늘이 분홍빛으로 물들던 저녁 무렵, 우리는 일찌감치 떠날 준비를 했다. 다음 날 새벽에 출발하기 위해서였다. 과수원에서 딴 과일과 삶은 감자를 배낭에 잔뜩 집어넣었다. 생감자도 한 바구니 챙겼다. 카트 뒤에는 죽은 캥거루와 포섬 두 마리를 매달았다. 개들에게도 미리 하네스를 씌워 놓았다. 갱라인도 늘어놓아 연결 고리만 채우면 되었다. 개들은 잠을 자라는 건지 카트를 끌라는 건지 헷갈려 하는 듯했다.

나는 다시 세상에 나가기가 무서웠다. 닷새 전에 내가 그 어두운 도시를 빠져나왔다는 사실이 믿기지 않았다.

어둠 속에서 오빠에게 속삭였다.

"우리, 여기에서 평생 살면 안 될까?"

"곧 있으면 캥거루 씨가 마를걸. 도시를 떠나는 사람들은 점점 많아질 테니 언젠가는 이곳까지 흘러들겠지. 그 사람들이 과일과 감자를 발견하고 우리도 찾아내지 않겠어? 무엇보다 아빠랑 재키 아줌마가 우리를 걱정할 거야."

"다들 무사할까?"

"그럼. 지금쯤 우리 엄마한테 가고 있을걸? 그리고 우리도 괜찮아. 다 좋아질 거야."

"오빠, 그렇게 다짐하지 않아도 돼. 그럴 필요 없어. 난 강하니까."

"그래, 너 강해."

"우리 함께 해내자."

붉은 먼지

날이 밝지도 않았는데, 오빠는 개들을 텐트 밖으로 내보냈다.
나도 재빨리 일어나 신발을 신었다. 침낭은 꼭꼭 말아 카트에 실
었다.

"어디로 가야 할지 알겠어?"

내가 물었다.

"어제 좀 봐 두었어. 곧 날이 밝을 테니 서둘러야 해. 두 마을
이나 지나야 하니까. 사람들 눈을 피하려면 산 밑으로 땅에 바싹
붙어 이동해야 할 거야. 그게 어려우면 차라리 어두워질 때까지
어딘가에 숨어서 기다리자."

출발하자마자 해가 솟아올랐다. 오빠는 내게 지도를 건넸다.
우리는 틈틈이 지도를 살피며 고도가 낮은 길로 잘 가고 있는지

확인했다. 개울을 따라가다 골짜기를 지나니 언덕 두 개가 나왔다. 언덕 꼭대기에 있는 집 몇 채가 왠지 우리를 내려다보는 듯한 기분이 들었다. 언덕 사이를 지나자 이번에는 고속도로가 나타났다. 그래서 방향을 틀어 언덕을 타고 올라갔다 내려왔다. 위에서 내려다보니 죽은 땅이 넓게 펼쳐져 있었다.

멀리 마을이 보였다. 철도를 따라 야트막한 집들이 늘어서 있고 간간이 삐죽 솟은 나무가 보였다. 마을 끄트머리에는 크고 하얀 탑 다섯 기가 보초를 서는 거인처럼 우뚝 서 있었다. 기차로 실어 나를 곡식의 저장 탱크, 사일로였다. 조용하고 텅 빈 사일로. 이제 곡식은 동이 났고, 기차는 달리지 않았다. 한껏 우쭐대며 서 있었지만 좋았던 시절에 대한 추억만 가득 차 보였다.

해가 점점 높이 떠올랐다. 바짝 메마른 땅 위를 달리는 개들의 뒷발과 바퀴 사이로 시뻘건 먼지 기둥이 일어났다. 우리는 빨갛고 기다란 먼지 꼬리를 달고 달렸다. 하늘에서 내려다보면 거대한 빨간색 화살처럼 보이겠지.

"오빠!"

"워워! 천천히! 마루키, 워!"

속도를 늦추자 먼지구름이 작게 일었다. 개들은 빨리 달리지 못해 아쉬운 듯했다. 녀석들은 빨리 달리기를 좋아한다. 머리꼭지가 뜨겁게 달구어지도록 쉬지 않고 달렸더니 카트에 매단 포섬에서 역겨운 냄새가 났다.

또 고속도로가 나타났다. 우리는 다시 방향을 바꾸어 숨을 장소를 물색했다. 한참 만에 골짜기에서 다 말라붙은 연못을 찾았다. 땅속 깊이 아직 물이 남았는지, 물가에 늙은 버드나무 두 그루가 꼬부랑거리며 서 있었다.

오빠가 포섬의 살을 바르고 캥거루 다리를 베어 내는 사이, 나는 개들의 목줄을 나무에 매고 물을 먹였다.

"내 입맛엔 구운 캥거루가 더 잘 맞겠어."

오빠가 살점이 조금 남은 뼈다귀를 내 코앞에서 흔들며 말했다. 나는 코를 막고 고개를 돌렸다. 설사 기름에 튀긴다 해도 캥거루 고기가 맛있을까 싶었다. 그러고 보니 거의 2년 동안, 우리는 튀김 요리를 먹지 못했다. 튀김이 너무 먹고 싶었다. 그래, 늙은 캥거루도 튀기면 먹을 수 있을지도 모르겠다.

개들은 배를 채우고 나서 잠이 들었다. 우리는 감자 두 개와 과일을 먹고 나서 그늘에서 쉬었다. 가끔 트럭이 부릉대거나 자동차가 언덕 위로 지나가는 소리가 들렸지만, 우리가 있는 아래쪽 길은 한적했다.

오빠는 지도를 펴서 손가락으로 길을 따라갔다.

"저녁에는 고속도로를 건널 거야. 마을에 숨었다가 여기를 건너야만 해. 그러고 나면 사람이 별로 없을 거야. 엄마한테 가는 길은 대부분 시골길이거든."

오빠 손가락이 마을 사이를 쭉 지나 숲과 강 끝자락에 닿은 호

수에 이르렀다. 호숫가를 따라 구불거리는 길이 이어졌다.

"뭐, 그까짓 거쯤이야!"

내 말에 오빠도 웃고 나도 웃었다. 사실은 우리 둘 다 쉬운 일이 아니란 걸 알고 있으니까. 우리는 아직 반도 못 왔으니까.

해가 낮게 떨어진 늦은 오후, 우리는 개들에게 물을 더 먹이고 다시 출발했다. 처음에는 카트 위에서 나 혼자 브레이크를 조종하고, 오빠가 마루키 앞에서 걸었다. 이 언덕길을 지나면 고속도로여서 먼저 망을 볼 필요가 있었다.

"워, 멈춰! 워!"

오빠가 개들을 모두 앉혀 기다리게 하고는 주위를 살펴보겠다며 혼자 언덕 위로 올라갔다. 잠시 후 되돌아온 오빠는 고개를 절레절레 흔들었다.

"아직 길이 뜨거워. 아지랑이가 필 정도야."

"종일 차도 몇 대 안 지나가던데, 빨리 통과하는 게 낫지 않을까?"

"그럼 가 볼까? 건너편에 우곡(빗물에 침식되어 도랑처럼 깊게 파인 지형. 우곡이 많이 파이면 불모지로 변한다.―옮긴이)이랑 덤불숲이 있으니까 곧장 그리로 가자. 마루키, 준비!"

오빠가 소리쳤다. 마루키가 껑충 뛰어오르자 갱라인이 팽팽해졌다. 더는 못 기다리겠다는 듯 개들이 컹컹 짖었다. 오빠는 나한테서 핸들을 넘겨받은 다음 카트를 밀며 소리쳤다.

"출발! 빨리! 빨리!"

개들은 짐승처럼 울부짖으며 쏜살같이 달려나갔다. 마치 세상을 향해 우리가 여기 있다고 외치는 듯했다. 언덕을 오르면서는 우리 둘의 무게가 버거운지 조용해졌다가 내리막길에서는 거친 땅을 박차고 달리며 붉은 먼지를 내뿜었다. 정강이에 튀어오르는 모래가 따가웠다. 오빠는 브레이크를 잡았다 풀었다 하면서 카트 바로 앞에서 달리는 허스키들과 부딪치지 않도록 조심했다.

"왼쪽! 왼쪽으로!"

덤불이 있는 우곡으로 향하는 길은 생각보다 멀었다. 도로 옆 배수로를 건너고 다시 고속도로를 지나 반대쪽 배수로로 내려갔다. 배수로를 지나자 풀 한 포기 없는 방목지가 나왔다.

뒤를 돌아보니 세 줄로 이어진 바퀴 자국과 개 발자국이 수십 킬로미터나 이어져 있었다. 벌거숭이산에 우리가 지나온 흔적이 번개 표시처럼 남았다. 먼지가 내려앉고 컴컴한 밤이 와서 아무도 발견할 수 없기를. 밤새도록 바람이 불어 모든 흔적을 다 지워 주기를.

도로 위에서 무언가 움직였다. 소리는 들리지 않았다. 어느새 해는 산 저편으로 넘어갔는데, 시커먼 도로 위에는 뜨거운 아지랑이가 피어올라 아른거렸다. 자동차는 아니었다. 자동차라고 하기에는 너무 작았다. 걸어서 이동하는 사람들일까? 아니면 자전거를 탄 사람들일까? 그렇다기엔 움직임이 무척 재빨랐다.

"저 멀리 누가 오고 있어!"

"빨리! 빨리!"

오빠는 이미 최고 속도를 내고 있는 개들에게 더 빨리 달리라고 재촉했다.

하나의 형체에 하나씩 불빛이 달렸는데, 자전거 전조등치고는 너무 컸다. 오토바이가 틀림없었다. 그런데 어떻게 아무 소리도 나지 않는 걸까. 부릉거리는 엔진 소리도 없고, 끽끽대는 브레이크 소리도 없었다. 한참 뒤에야 깨달았다.

"저건 전기 오토바이야!"

우리는 낡은 울타리에 철조망이 없는 곳을 찾아 들판을 가로질렀다. 빛이 거의 남지 않은 저녁이라 앞을 분간하기가 어려웠다. 오토바이 쪽에서는 우리가 티끌처럼 보일지도 모르겠다. 날도 어두웠으니 굳이 따라오지는 않겠지.

그러나 오토바이들은 고속도로를 벗어나 방목지를 가로질렀다. 우리 바퀴 자국을 따라오는 것 같았다. 바로 저 앞이 골짜기와 덤불숲인데, 거의 다 왔는데.

"빨리! 빨리!"

개들은 열심히 달렸다. 녀석들은 힘껏 달리는 걸 좋아한다. 왜냐고 묻지 않고 늘 최선을 다해 달려 준다. 하지만 과연 오토바이를 따돌릴 만큼 빠를까?

"핸들 잡아!"

오빠가 소리쳤다.

"우곡에 도착하면 개들을 풀어 줘. 여유가 있으면 그렇게 하고 그럴 시간이 없으면 그냥 숨어!"

"뭐?"

"곧 따라갈게. 계속 가!"

"자, 잠깐!"

오빠는 달리는 카트 밖으로 몸을 던졌다. 그대로 맨땅을 데굴 데굴 굴러가더니 나무둥치 뒤로 사라졌다.

카트를 세우고 싶었다. 오빠랑 같이 저자들에게 맞서고 싶었 다. 하지만 너무 순식간에 벌어진 일이라 손을 쓸 수가 없었다. 개들은 계속 달렸다. 나는 카트를 조종해 곧장 덤불숲으로 향했 다. 다행히 사람의 발자취인 듯한 통로가 보였다.

"왼쪽으로!"

나는 크게 소리치며 카트의 방향을 틀었다. 이윽고 카트가 덤 불숲에 들어섰다. 아무것도 보이지 않을 정도로 어두웠다.

"워! 워!"

개들이 속도를 늦추었다. 그리고 내가 브레이크를 당긴 순간 이었다.

탕—!

총소리가 울려 퍼졌다.

심장이 목구멍 밖으로 튀어나올 것 같았다. 비명을 지르지 않기 위해 숨통을 꽉 조였다. 빛이 어둠을 가르면서 총소리가 한 번 더 울려 퍼졌다. 마루키가 으르렁거렸다.

카트를 넘어뜨려 나무둥치 옆에 숨겼다. 어서 오빠에게 가야 했다.

오토바이 불빛 하나가 나를 쫓아 오솔길로 올라왔다. 막대기든 뭐든 들고 싸울 무기를 떠올려 보았다. 하지만 적당한 게 없었다. 보이는 건 카트에서 떨어져 땅바닥에 나뒹구는 캥거루 고기뿐이었다. 우선 그거라도 집어 들었다.

말라빠진 캥거루를 질질 끌면서 왔던 길로 다시 뛰었다. 뒷다리 한쪽이 없어서 그나마 가벼웠다. 개들이 내 등 뒤에서 짖어 댔다. 녀석들도 오빠를 돕고 싶은 모양이었다.

오토바이 불빛이 오솔길을 비추었다. 나는 나무 사이로 잽싸게 숨었다. 개들이 날뛰며 계속 짖었다. 아무리 몸부림을 쳐도 카트는 꼼짝을 안 하고 하네스만 팽팽히 당겨졌다. 그 틈에 오토바이가 울퉁불퉁한 오솔길을 통해 녀석들에게 달려갔다.

전기 모터 소리가 가까워지자 나는 캥거루를 질질 끌며 한발 뒤로 물러났다. 팔을 크게 휘둘러 캥거루로 오토바이에 탄 사람의 등을 후려쳤다. 쿵 하는 소리와 함께 오토바이에서 사람이 나가떨어졌다. 오토바이만 저만치 앞으로 미끄러져 갔다. 헤드라이트 불빛이 비춘 길바닥에 권총이 떨어졌다. 쓰러진 사람이 일어나기 전에 나는 얼른 총을 주워 들었다.

총의 개머리판으로 오토바이에 달린 헤드라이트를 내리쳤다. 너무 단단해서 세 번이나 쳐야 했다. 그다음에는 후미등을 깨뜨렸다. 불빛 때문에 눈앞에 얼룩덜룩한 반점이 어른거렸다. 나는 앞을 더듬거리며 개들이 있는 쪽으로 갔다. 발을 헛디뎌 땅에 무릎을 찧었다. 얼른 다시 일어섰다.

이윽고 마루키의 목덜미에 손이 닿았다. 털이 바짝 곤두서 있었다. 나는 먼저 마루키를, 그다음엔 울프와 베어를 갱라인에서 풀어 주었다. 땅바닥에 쓰러졌던 남자가 일어나서 고함을 내지르는 통에 허스키 두 마리는 풀어 주지 못했다.

마루키가 남자에게 덤벼들었다. 남자는 마루키를 떼어 내려고 발악하며 자기 오토바이로 가서 방향 지시등을 켰다. 남자는 오렌지색 불빛 속에서 자신을 에워싼 우리의 모습을 보았을 거다. 세 마리 개뿐 아니라 총을 겨누고 있는 내 모습도.

마루키에게 물린 걸까? 남자가 비명을 지르며 마루키에게 손찌검을 했다. 그걸 보고 울프와 베어가 잇따라 남자에게 앙칼지게 덤벼들었다. 놈은 우리 개들을 건드린 걸 분명 후회하게 될 거다.

오토바이가 넘어지며 쿵 소리를 냈다. 개들이 남자의 발꿈치를 물고 늘어졌다. 남자는 발길질을 하며 벗어나려 안간힘을 썼다. 뒤죽박죽 뒤엉켜 엎치락덮치락 하는 소리, 개들이 으르렁대며 발톱을 긁는 소리가 한동안 계속되었다. 오렌지색 불빛 속에서 하얀 이빨이 번쩍번쩍 스쳐 갔다. 마루키가 도망치는 남자를 쫓아가자 나머지 두 녀석도 그 뒤를 따라 달렸다.

나도 남자의 뒤를 쫓아 오솔길을 달렸다. 무서웠지만 화가 났다. 저들이 한 행동을 용서할 수 없었다. 하지만 지금은 무엇보다 오빠를 찾아야 했다. 그게 훨씬 더 중요했다. 다른 오토바이 한 대가 불빛을 비추자 남자가 그쪽을 향해 냅다 달렸다. 오빠가 굴러갔던 나무둥치 근처였다.

"마루키! 오빠를 찾아 줘!"

나는 불빛 밖으로 물러나 놈들에게 들키지 않게 조용히 뛰었다. 하지만 개들은 아랑곳없이 이리저리 뛰었다.

"저기 개들이 잔뜩 있어! 그리고 어떤 녀석이 내 총을 주워 갔어."

"어디?"

나는 소리 나는 쪽을 향해 총을 겨누고 방아쇠를 당겼다. 가슴이 철렁 내려앉았지만, 총알은 나가지 않았다. 총부리 쪽에 레버 같은 게 만져졌다. 영화에서 본 것처럼 안전장치가 잠겨 있었다. 나는 안전장치를 풀었다. 그사이에 남자들은 어디로 갔는지 사라졌다. 오빠도, 개들도 보이지 않았다.

총소리가 또다시 공중에 울렸다. 가까운 곳에서 너무 크게 들렸다. 살갗에 소름이 쭉 돋았다. 그때 베어의 하얀 얼굴이 스쳐 지나갔다. 겁에 질린 눈은 커다랗게 벌어지고, 축 늘어뜨린 혀는 펄럭거렸다. 나는 가슴을 졸이며 빨간 브레이크등을 피해 오토바이 주변을 빙 돌았다. 오토바이 핸들에 소총이 걸려 있었다. 소총을 빼내 전조등을 힘껏 내리쳤다. 이번에는 한 번에 깨졌다. 총을 겨드랑이에 끼고 도망쳤다.

남자들이 욕설을 내뱉으며 오토바이 쪽으로 달려왔다. 나는 뛰다 말고 총을 겨누었다. 손이 미친 듯이 덜덜 떨렸다. 폭발하듯 총알이 날아갔다. 두 손으로 잡았는데도 반동에 팔이 떨어져 나가는 느낌이 들었다.

오빠를 찾기 위해 나무둥치로 갔다. 시커먼 털북숭이가 숨을 헐떡이며 뒤따라왔다. 마루키였다. 마루키는 도망가지 않고 바로 곁에, 나와 함께 있어 주었다.

굵은 목소리가 욕설을 내뱉으며 말했다.

"몸을 숙여. 저 오토바이는 내일 아침에 찾으러 오자."

곧이어 윙, 하는 소리를 내며 오토바이에 시동이 걸렸다. 브레이크등의 빨간 불빛 속에 총을 든 손이 내 쪽을 겨누었다. 나는 땅을 박차고 힘껏 튀어 올라 마루키를 꽉 끌어안았다. 이윽고 총성이 메아리쳤다.

"아까 돌덩이를 들고 덤빈 쪼그만 녀석은 아마 죽었을 거야."

그 말에 심장이 멎는 듯했다. 설마 오빠가? 죽었다니, 그럴 리가 없다.

오토바이가 빨간 미등 아래 먼지바람을 일으키며 떠나갔다.

나는 오빠를 부르다 울음을 터뜨렸다. 무얼 해야 할지 막막했다. 어둠 속에 나와 마루키, 둘만 덩그러니 남았다. 하지만 이제 마루키를 보내야 했다. 다시 혼자가 될 테지만, 마루키도 베어처럼 도망칠지도 모르지만, 그래도 오빠를 찾는 일이 가장 급했다. 오빠가 죽었다니, 그럴 리가. 나는 오빠 없이는 어디로 가야 할지도 모른다.

"오빠를 찾아, 마루키! 제발 오빠를 찾아 줘."

나는 마루키 몸에서 손을 뗐다. 마루키가 어둠 속을 향해 달려갔다. 나는 혼자 허공을 더듬대며 기어갔다. 무릎을 꿇고 팔을 휘저으며 오빠를 찾아 헤맸다. 눈두덩이가 욱신거리고 몸이 휘청거렸다.

"에머리 오빠!"

아무 대답이 없었다. 오토바이가 방목지를 통과하는지 덜커덩 소리를 냈다. 돌아보니 오렌지색 불빛이 고속도로로 접어들고 있었다.

마루키가 킁킁거리며 칭얼대는 소리를 냈다. 나는 소리나는 쪽으로 엉금엉금 기어갔다. 오빠가 땅바닥에 쓰러져 있었다. 가슴에 귀를 대어 보니 심장 소리가 들렸다. 살아 있었다! 숨도 쉬었다. 나는 오빠를 끌어안았다.

"오빠, 일어나! 내가 어떻게 해 줄까? 어디가 아픈지 말해 줘!"

오빠는 꿈쩍도 하지 않았다. 불빛이 없어 상태를 살펴볼 수가 없었다. 손전등은 어디 있는지 모르겠고 라이터는 카트 안에 있었다. 오빠의 몸을 이리저리 만져 보는데, 머리 한쪽이 축축했다. 손가락을 들어 냄새를 맡았다. 피였다. 오빠 머리에서 피가 나고 있었다.

눈물이 멈추지 않았다. 어떡하지? 어떻게 해야 오빠를 도울 수 있을지 도무지 알 수 없었다.

"마루키, 앉아."

나는 마루키를 오빠 옆에 앉혔다.

"여기 있어. 오빠를 지켜 줘!"

마루키가 구슬프게 울부짖더니 고개를 돌려 오빠 얼굴을 핥았다. 마치 자신이 오빠를 낫게 해 주겠다는 듯이.

얼른 라이터를 가져와 오빠의 상처를 살펴봐야 했다. 카트를 끌고 오려면 마루키의 도움이 필요하겠지만, 오빠를 혼자 놔두고 갈 수는 없었다.

나는 다시 어둠 속으로 향했다. 길거리에는 아까 헤드라이트를 부수어 뜨린 전기 오토바이가 나뒹굴고 있었다. 달리면서 울프와 베어를 불렀다. 해가 뜨면 죽거나 총에 맞은 두 녀석의 모습을 발견할지도 모른다는 생각이 들었다. 오솔길에 다다르자 베어가 내 옆으로 코를 킁킁대며 나타났다.

"잘했어, 베어! 옳지! 잘했어."

나는 계속해서 베어에게 칭찬을 해 주었다. 나를 다시 찾아왔으니 잘했다고, 내 옆에 있었으니 잘했다고, 용감하지는 않아도 나를 도와주려고 했으니 잘했다고 말해 주었다. 오이스터와 스퀴드가 우리를 보고 반기듯 낑낑거렸다. 나는 둘을 토닥여 주며 기다리느라 힘들었겠다고 말해 주었다.

오토바이 불빛의 도움을 받아 나무 밑에 숨겨 둔 카트를 끌어내어 똑바로 일으켜 세웠다. 그리고 장비를 모두 챙겨 실었다. 훔친 소총도 쑤셔 넣고, 권총의 안전장치를 잠근 뒤 카트 핸들 주머니에다 집어넣었다. 배낭에서 라이터를 찾아 불을 켜고 재빨리 주위를 둘러보았다. 짐은 전부 다 챙겼는지 다시 한번 확인했다. 그런 다음, 베어를 갱라인에 매었다.

나는 베어 옆에서 카트를 끌며 오토바이 불빛 쪽으로 갔다. 죽은 캥거루 몸뚱이를 주워 다시 카트에 매단 뒤 오토바이를 더듬어 열쇠를 찾았다. 시동을 끄고 열쇠를 뽑아 덤불 저편으로 던져 버렸다.

이제 완전히 깜깜해졌다. 저만치 앞에 헐벗은 방목지를 둘러싼 어둠은 우리가 서 있는 오솔길보다 훨씬 옅어 보였다. 눈앞에 불빛의 잔상이 아른거렸지만, 나는 베어와 나란히 걸으며 오솔길로 올라갔다.

"마루키가 어디 있지?"

나는 베어에게 물었다. 베어는 냄새를 잘 맡으니 금방 마루키를 찾아내리라 믿었다.

부러진 나뭇가지가 발에 차였다. 나무 향이 진한 게 아까 남자와 실랑이를 할 때 부러뜨린 듯했다. 나는 나뭇가지를 집어 땅에 질질 끌며 걸었다. 오빠를 데리고 여길 떠나야겠다. 이제는 흔적을 남기지 말아야지. 전혀 다른 이유로 풀밭이 그리웠다. 풀이 많으면 우리의 흔적이 가려질 텐데.

베어는 마루키와 오빠가 있는 장소를 금세 찾아냈다. 라이터를 켜고 오빠를 살펴보았다. 머리에서는 피가 나고 팔은 굽어 있었다. 아무래도 골절이 된 듯했다. 오빠는 정신을 잃은 듯 끙끙대는 신음 소리만 냈다. 오빠 겨드랑이 아래를 잡아 간신히 카트로 끌고 갔다. 카트 바구니 안에 몸을 옆으로 뉘고는 침낭을 머리 밑에 받친 뒤, 다리를 바구니 안으로 집어넣어 부러진 팔이 위로 향하게 했다.

좀 아까 주운 나뭇가지를 카트 계단 아래 밀어 넣었다. 가지 끝은 위로 구부려 바구니에 건 다음에 고무줄로 묶었다. 그러고는 고무줄로 오빠를 감아 고정시켰다. 그러면 오빠 팔이 덜 흔들릴까 싶어서였다. 오빠 칼은 권총이 든 주머니에 집어넣었다.

"울—프! 울—프!"

어디로 사라졌을까? 울프의 대답이 들리지 않았다. 나는 라이터를 켜서 주위를 살펴보았다. 갈색 털북숭이가 쓰러져 있으면 어떡하지? 또다시 눈물이 쏟아졌다. 만약 울프가 죽은 모습을 보게 되면 나는 하릴없이 무너져 내릴 것 같았다.

"울—프!"

나는 어둠 속에서 큰 소리로 길게 부르짖었다. 마루키도 나를 따라 늑대처럼 길게 울부짖었다. 울프를 부르는 소리인지, 나보고 이리 와서 오빠를 도우라는 건지 알 수 없었다.

한 발, 또 한 발

나는 마루키를 갱라인의 맨 앞자리에 세우고 연결 고리를 채웠다. 그러고는 풍성한 목덜미 털에 손가락을 파묻고 이마와 이마를 맞댔다.

"마루키, 우리 이제 떠나야 해. 내일이면 그 사람들이 우릴 찾으러 올 거야. 멀리 떠나야 해."

낮에 오빠가 지도로 보여 준 길을 따라가면 되겠지 싶었다. 어두우니까 가까운 길로. 나는 개들을 이끌고 바로 출발할 수 있는 위치로 카트를 끌고 갔다. 개들도 빨리 출발하고 싶은지 컹컹 짖었다.

"울—프!"

마지막으로 한 번 더 울프를 불러 보았다. 울프를 놔두고 떠나긴 싫었다. 하지만 나머지 모두의 안전을 지키려면 당장 출발해야 했다. 울프가 어딘가에 쓰러져 있지 않길 바랐다. 땅바닥에 쓰러져서 우리가 떠나는 모습을 힘없이 바라보고 있지나 않을까, 그게 두려웠다. 그런 생각을 하자 다시 눈물이 흘렀다.

나는 브레이크를 풀고 소리쳤다.

"출발! 달려!"

카트가 어둠 속으로 돌진했다. 개들이 나보다 더 길을 잘 볼 수 있기를 바랐다. 밤하늘에는 별이 빛나고 개들은 총총거리며 까만 숲길을 달렸다. 지도에서 본 대로 쭉 앞으로 나아가기만 해도 되겠지, 하고 마음을 다잡았다.

오빠는 정신이 들 때만 몸을 뒤척이며 앓는 소리를 내다 다시 실신하듯 잠잠해졌다. 부상당한 몸으로 덜컹이는 카트 위에 누워 있는 게 좋을 리 없을 터였다. 하지만 그 악당들과 또 맞닥뜨리느니 무리해서 달리는 편이 백배 나았다. 가끔씩 오빠는 고통을 호소하며 카트를 세워 달라고 울었다.

"미안해, 오빠. 우린 도망쳐야 해. 날이 어두울 동안은 계속 가야 해."

나도 오빠를 따라 울었다. 마음이 몹시 아팠다. 너무 분하고 답답했다. 오빠가 한바탕 울고 나서 잠잠해지면 나는 오빠 가슴에 손을 대고 숨을 쉬는지 확인해 보았다. 그자들은 어쩜 그렇게 잔인할 수 있을까? 왜 우리가 그냥 지나가도록 놔두지 않은 걸까?

한참을 달리고 나서 개들을 세우고 물을 먹였다. 캥거루 고기도 조금씩 잘라 주었다. 그사이 오빠는 깊은 잠에 빠져들었다. 카트가 서 있는 동안만이라도 충분히 쉴 수 있으면 다행이었다.

다시 출발했다. 어느새 숲의 끝자락을 빠져나와 거칠고 단단한 땅에 다다랐다. 바퀴 자국이 깊게 패지 않을 것 같아 한시름 놓았다. 밤하늘에 뜬 별빛만이 우리에게 길을 안내해 주는 듯했다. 달리는 동안 틈틈이 하늘 한쪽에서 유난히 반짝이는 별들을 올려다보았다. 별들이 움직여서 우리가 한자리에서 맴돌까 봐 겁이 났다. 어떤 별이 지구처럼 도는 걸까? 도무지 알 수 없었다. 얼마 후, 구름이 드리우고 별들이 사라졌다.

마루키가 철조망 울타리를 훌쩍 뛰어넘었다. 그 바람에 다른 개들까지 우르르 그 뒤를 따라가다 크게 다칠 뻔했다. 나는 브레이크를 힘껏 당겨 개들이 부딪치지 않게 카트를 세웠다. 라이터 불빛으로 살펴보니 철조망이 끊기고 이리저리 휘어 있었다. 먼저 마루키를 갱라인에서 풀어 완전히 내보냈다. 나와 나머지 개들은 철조망 밖의 마루키와 발맞추어 걸으며 입구를 찾아 무사히 빠져나갔다.

온몸이 뻐근했지만 탁 트인 들판이라 계속 달려야 했다. 개들도 지치는지 고개를 숙이고 숨을 헐떡였다. 힘센 울프가 빠졌으니 카트가 훨씬 더 무겁게 느껴지겠지. 그래도 개들은 최선을 다해 계속 달렸다.

두어 시간쯤 지나자 구름이 몰려와 별들을 덮었다. 젖은 흙냄새가 코를 찌르더니 비가 내렸다. 냄새가 씻겨 나가면 울프가 우리를 찾지 못할 텐데. 하지만 비가 우리 흔적도 지울 테니 쫓기는 당장은 괜찮겠지.

"워!"

나는 카트에서 내려 개들과 함께 걸었다. 너무 오랫동안 쉬지 않고 달렸다. 평소에는 두 시간 이상 달리게 하지 않는데. 안전한 곳을 찾기 전까진 어쩔 수 없었다.

빗방울이 차가웠다. 개들은 두툼한 털 덕분인지 추위에 떨진 않았다. 하지만 내 몸은 덜덜 떨렸다. 오빠가 다시 신음하며 소리쳤다.

"엘라!"

나는 개들을 멈춰 세웠다.

"오빠, 괜찮아?"

"아니."

오빠가 겨우 목소리를 쥐어짰다.

"우린 계속 가야 해. 한 시간은 더 걸릴 거야."

하늘이 조금 밝아졌다. 머지않아 텐트 칠 곳을 찾아내 다 같이 쉬어 갈 수 있지 않을까. 오빠도 나처럼 덜덜 떨었다. 배낭에서 후드 티를 꺼내 오빠를 덮어 주었다. 나는 개들과 함께 걸었다. 고개를 숙이고 비를 맞으며 그저 한 발 한 발 나아갔다. 흠뻑 젖

어서 눈물 콧물이 흘러도 괜찮았다. 훌쩍이면서 앞으로 나아가
기만 했다. 목이 따끔거렸다. 한 손은 마루키의 목덜미 털에 묻
고, 한 발 한 발 계속해서 걸음을 옮겼다. 나도, 개들도 몸을 가눌
수 없을 정도로 지치고 괴로웠지만, 그저 어딘가 안전한 곳으로
오빠를 데려갈 수 있기를 바라며 계속 걸었다.

　지평선 너머로 해가 떠올라 하늘이 점점 밝아졌다. 나는 땅이
움푹 팬 골로 향했다. 근처에 개울이 있기를 바랐다.
　농가 두 채가 서로 멀찍이 떨어져 있는데 두 집 모두 쥐 죽은
듯이 조용했다. 불빛도 없고 개 짖는 소리도 들리지 않았다. 버
려진 집일까? 처음 농작물이 죽기 시작했을 때, 농부들은 식량
배급을 받으려고 도시로 떠나왔다. 그러나 정부는 얼마 안 가 그
약속을 어겼다. 아빠는 정부가 사람들을 안심시키려고 거짓말을
한 거라고 말했다.
　지금은 농부들이 시골집으로 돌아오고 있을지도 모른다. 아
니면 도시를 떠난 사람들이 빈집을 찾아 그 안에 숨어 들었을지
도 모르겠다.
　눈앞에 매우 깊고 어두운 골짜기가 나타났는데, 도랑처럼 땅이
깊게 팬 우곡이었다. 그 속으로 들어가는 좁은 길이 보였다. 나는
카트에 올라타서 마루키에게 아래로 내려가라고 말했다. 우리는
가시덤불과 키 작은 나무 사잇길을 따라 천천히 내려갔다.

우리들이 몸을 숨기기에는 딱 좋아 보였다. 이미 땀과 빗물에 흠씬 젖은 상태라 개울에 빠져도 다를 게 없었다.

"오른쪽으로!"

내 목소리에 마루키가 오른쪽으로 방향을 틀었다. 카트가 얕은 여울 위를 달리느라 덜컹거렸다. 오이스터와 스퀴드는 개울가 바위와 진흙 위로 카트를 끄는 일을 무척 힘겨워했다. 나는 카트에서 내려 걸었다. 오빠 무게만 해도 카트는 꽤나 무거울 테니까.

텐트를 치기에 적당한 평지를 찾았다. 나는 카트를 세우고 개들을 풀어 주었다. 우선 캥거루 고기를 사 등분한 뒤 오빠가 했던 대로 마루키에게 제일 먼저 건넸다. 그러고 나서 오빠 밑에 깔린 텐트를 살살 빼냈다. 오빠는 통증 때문에 눈을 꽉 감고 잇새로 숨을 쉬었다. 그 모습이 더는 세상 꼴을 못 볼 사람처럼 보였다.

동이 트면서 햇볕이 잠깐 골짜기 안을 내리쬐는 동안 나는 텐트를 쳤다. 부드러운 모래 위에 말뚝을 박고 침낭 두 개를 꺼내 펼쳤다. 다행스레 침낭은 조금밖에 젖지 않았다. 하지만 팔이 부러진 오빠를 카트에서 침낭으로 나 혼자 어떻게 옮겨 올지가 걱정이었다. 나는 개울가를 뒤지며 길쭉하고 속이 우묵한 나무껍질을 찾아다녔다.

오빠가 비명을 내질렀다. 내가 오빠의 부러진 팔을 들추었다

손이 살짝 미끄러진 탓이다. 나는 어쩔 줄 몰라 흐느꼈다. 오빠는 너무 아파서 아무 말도 못 했다. 어떻게 해야 팔을 고정할 수 있을지 도무지 알 수 없었다.

나는 티셔츠 두 장을 접어 퉁퉁 부은 오빠의 팔에 둘렀다. 그리고 카트에 달린 고무줄을 끊어다 티셔츠를 두른 팔을 칭칭 감았다.

"오빠, 이제 텐트로 가자. 발 뻗고 누울 수 있을 거야. 텐트에 가서 자."

나는 오빠의 부러진 팔에 나무껍질을 대고 멀쩡한 팔을 잡아당기며 몸을 일으켰다.

"자, 어서."

오빠는 부러진 팔을 가슴께로 끌어당겨 안았다. 겨우겨우 부축해서 함께 텐트까지 걸어갔다.

물병에 물을 채워 오빠에게 먹였다. 비가 내리고 있었지만 나뭇가지와 고사리 줄기를 모아 텐트와 카트를 덮었다. 총 두 자루를 포함한 모든 짐을 내려 텐트에 집어넣었다. 그 일이 모두 끝나고 나서야 나는 지치고 흠뻑 젖은 네 마리 개들과 함께 텐트 안으로 들어가 지퍼를 채웠다.

다들 땀과 비에 젖어서 텐트 안 공기가 꿉꿉했다. 하지만 비가 그치고 텐트 안이 따뜻해지자 모두 금방 잠이 들었다. 나는 총을 옆에 두고 망을 보려고 했는데, 졸음이 파도처럼 밀려왔다. 마루키의 귀를 믿어 보는 수밖에.

얼마 뒤 잠에서 깨자 다리도 아프고 팔도 쑤셨다. 하지만 오빠의 아픔에 비할 바는 아니었다. 오빠의 머리는 한쪽이 전부 피범벅이었다. 마치 둥근 끌로 두피를 파낸 자국처럼 머리털이 뭉텅 빠진 자리에 피가 엉겨붙어 있었다. 부러진 팔에는 멍 자국이 시퍼렜다.

나는 개들에게 삶은 감자를 하나씩 주고 나도 한 개 먹었다. 자두를 잔뜩 먹고 나니 좀 살 것 같았다. 갑자기 오빠가 깜짝 놀라 깨며 이렇게 외쳤다.

"엘라! 도망쳐야 해!"

"괜찮아. 우린 지금 안전해."

얼마나 오래 머물 수 있을지는 모르겠다. 그 남자들이 우리를 쫓아올지도 모르니까.

"개들은? 놈들이 총을 쐈어!"

"다들 여기 있어. 무사해."

비좁은 텐트 안에 개가 다섯 마리든 네 마리든, 오빠는 모를 거다. 사방이 전부 털북숭이들이니까.

"하지만 놈들이 우릴 찾을 거야."

오빠는 신음을 내뱉으며 머리를 만지려다 부러진 팔을 부여잡았다. 어디가 더 아픈지 헷갈리는 모양이었다.

"아직 대낮이라 나가면 안 돼. 우린 골짜기에 숨어 있어. 고사리로 잔뜩 덮어 놨으니까 걱정 마. 그리고 나한테 총도 있어."

오빠는 왜 말을 못 알아듣니, 하는 표정으로 나를 빤히 바라보다가 다시 잠들었다.

나는 오빠 머리의 상처를 씻어 깨끗한 천으로 붕대를 감아 주고 싶었다. 간밤에 피를 너무 많이 흘렸는데, 아직도 피가 멈추지 않아 머리는 온통 피투성이고 텐트 바닥까지 스며들었다. 하지만 오빠를 다시 깨우고 싶지는 않았다.

지금 이동하면 어떤 점이 득이 되는지를 곰곰이 따져 보았다. 오빠는 다친 상태라 빨리 움직일 수 없었다. 길 위의 흔적이 씻겨 나간다 해도 오후 늦게까지 비가 내릴 것 같지는 않고, 가는 도중에 어딘가에서 오토바이 놈들한테 발각되면 더욱 큰일이었다. 게다가 우리는 너무 지쳤다. 나는 여기가 숨기 좋은 장소이기만을 바랐다.

비가 그쳤다. 개들을 개울가로 데려가 물을 먹인 뒤 텐트 옆 나무에 매었다. 개들이 햇볕을 쬐는 동안, 남은 포섬을 잘랐다. 이제 포섬도 얼마 남지 않았다.

지난번에 오이스터와 스퀴드만 카트에 매어 두었을 때, 녀석들이 식량을 축낼 줄은 꿈에도 몰랐다. 나는 포섬을 반으로 갈라 한 덩이를 다섯 조각으로 나누고 나머지 반은 나무에다 걸어 두었다. 이미 구린내가 나기 시작했지만, 내일 아침에 줄 먹이도 생각해 두어야 했다. 냄새가 좀 나도 녀석들은 크게 신경 쓰지 않을 테니까.

개들이 포섬을 먹는 사이, 나는 오솔길을 따라 골짜기 위로 올라갔다. 방목지 너머로 누가 우리를 따라오고 있진 않은지, 혹시나 울프가 우리 뒤를 쫓아오고 있는지 살펴보았다. 사방이 고요했다. 하지만 그자들은 전기 오토바이로 다녔다. 그러니까 조용하다고 해서 안심할 수는 없었다. 밤새 우리 흔적이 사라져서 다행이었다.

나는 텐트로 돌아가는 길에 블랙베리를 좀 땄다. 한 가지 알아낸 사실은, 햇볕을 받으며 자란 블랙베리는 위쪽보다 아래쪽 가지에 열매가 더 많이 열려 있다는 점이었다. 오랜 세월 동안 사람이든 새든 캥거루든, 아래쪽 가지는 내버려 두고 위쪽 가지에 달린 열매만 따 먹어서 그런 게 아닐까.

나는 더욱더 열심히 고사리를 따서 모았다. 고사리 잎으로 텐트와 카트를 덮어 어느 누가 봐도 모르게, 아무도 찾을 수 없는 은신처를 만들고 싶었다.

오빠가 몸을 뒤척이더니 일어나 앉았다.

"오줌 마려워!"

오빠가 텐트 밖으로 멀쩡한 팔을 내밀었다. 나는 오빠 손을 붙잡고 일어서도록 도와주었다. 걸을 수 있게 옆에서 부축하려 했지만, 오빠는 나를 밀어냈다.

"괜찮아."

오빠는 작게 중얼대더니 휘청거리며 숲으로 걸어갔다. 개들은 오빠가 걷는 모습을 보고 반가웠는지 껑충거리며 숨을 헐떡였다. 내가 두려워하던 순간이 다가왔다.

오빠가 몸을 돌려 다친 팔을 가슴께에 붙인 채 개들을 둘러보았다. 한참을 가만히 멈추어 서 있었다. 울프를 찾는 듯했다. 오빠는 눈을 잔뜩 찡그렸다. 햇살에 눈이 부신 듯이, 지금 보고 있는 광경을 믿을 수 없다는 듯이.

나는 침을 꼴깍 삼켰다. 가슴이 철렁 내려앉았다. 이제는 오빠한테 설명해야 했다.

"울프가 총에 맞았어?"

"모르겠어. 그땐 너무 어두웠으니까."

변명처럼 들리겠지만 진짜로 그랬다. 그때는 무얼 어떻게 해야 할지, 무엇이 옳은 선택인지 판단이 잘 서지 않았다. 내가 잘못한 걸까?

"총소리가 났을 때, 울프랑 베어랑 같이 도망친 줄 알았는데 베어만 돌아왔어."

"안 찾아봤어?"

오빠는 다 까먹었나 보다. 숲은 더없이 어두웠고, 총에 맞은 오빠 때문에 내가 잔뜩 겁을 먹었다는 사실을.

"찾아보긴 했는데, 너무 깜깜했단 말이야. 이름을 계속 불렀는데, 우리가 떠나는 소리를 들었을 텐데, 왜 안 나타났는지 모르겠어."

나는 눈물을 뚝뚝 흘렸다. 오빠는 크게 한숨을 쉬더니 눈을 질끈 감았다.

"괜찮아, 잘했어. 하지만 놈들이 다시 우릴 찾으러 올 거야. 우린 멀리 도망가야 해."

나는 살짝 웃었다.

"이미 도망쳐 왔어! 여긴 그 숲이 아니고 우곡이야. 들판 너머에 있는 골짜기라고."

"그렇게 멀리까지 왔다고?"

오빠는 주위를 둘러보며 물었다. 나는 고개를 끄덕였다.

"이것 봐!"

나는 텐트 안으로 몸을 숙여 침낭을 들추고 소총과 권총을 보여 주었다. 오빠는 입이 떡 벌어졌다.

"이건……. 놈들이 틀림없이 우릴 찾으러 올 거야. 총은 귀하니까."

"그래도 이게 필요했어. 내가 총을 쏘니까 그 사람들도 도망쳤다고."

오빠는 기가 찬 듯 하! 하고 짧게 소리를 내더니 눈을 질끈 감았다. 다시 통증이 심해졌나 보다.

"그 광경을 놓치다니! 울프를 찾으러 가고 싶은데…… 못하겠어. 머리가 너무 아파. 팔도 아프고."

"여긴 조용해. 오빠가 나을 때까지 머물러도 될 거야. 쉬는 동안 내가 울프를 찾아볼게. 나중에 같이 찾자."

나는 오빠를 부축해서 텐트로 옮기고 물이랑 감자, 과일을 챙겨 주었다. 오빠는 깨지락거리다가 눈살을 찌푸리며 이마를 문질렀다. 나는 지도를 펴서 우리가 어디 있는지 찾아보았다. 오빠는 눈을 찡그리며 지도를 바라보았다. 나는 농가 두 채 너머에 있는 골짜기를 가리켰다. 우리는 여전히 마을로부터 멀리 떨어진 길을 따라 움직이고 있었다. 이윽고 오빠가 활짝 웃었다.

"잘했어, 엘라. 참 잘했어!"

오빠는 다시 자리에 누웠다. 나는 기분이 좋아졌다. 오빠는 손끝으로 자신의 머리를 눌러 보다 손가락을 살펴보았다.

"나, 어때 보여?"

"누가 칼로 오빠 머리에다 도랑을 판 것 같아. 가로로 쭉."

나는 마지막 남은 티셔츠를 배낭에서 꺼냈다. 긴 소매로 오빠 머리를 감싸니 상처가 가려졌다.

해가 져서 개들을 텐트 안으로 데려와 다 같이 잠을 잤다. 밤에는 도시로 돌아가는 꿈을 꾸었다. 사이렌이 천지를 울렸다. 사람들은 빌딩을 깨부수고 다녔다. 지진이 난 듯 우리 집이 흔들렸다.

"엘라!"

오빠가 날 흔들어 깨웠다. 베어와 마루키가 늑대처럼 길게 울부짖었다.

"쉬잇!"

나는 다급하게 개들의 목덜미를 끌어당겼다.

그때 어둠 속 어딘가에서 응답하듯 개가 울부짖었다. 마루키가 텐트 문을 주둥이로 쿡쿡 찔렀다.

"저건 울프야!"

오빠가 말했다.

나는 텐트의 지퍼를 열었다.

"뭘 하려고?"

"가서 데려와야지!"

"안 돼! 놈들이 울프를 데리고 있을 거야. 함정일지도 몰라."

나는 손을 더듬거리며 총을 찾았다.

"그럼 더더욱 데려와야지!"

우린 한 식구니까. 아무리 크고 늙은 개라도 우리 가족이니까.

나는 마루키를 내보냈다. 베어와 허스키들에게는 앉아서 기다리라고 말한 뒤에 텐트 지퍼를 채웠다.

"엘라, 가지 마!"

오빠가 말렸지만, 나는 멈출 수 없었다.

마루키는 나를 기다려 주지 않고 벌써 멀리 뛰어가 버렸다. 나는 혼자 기억을 더듬어 앞으로 나아갔다. 개울가 바위에 발이 걸려서 팔을 바둥거리며 균형을 잡았다. 또다시 하울링 소리가 들렸다. 등 뒤에서 베어가 대답하는 소리였다. 뒤따라 오이스터와 스퀴드가 울부짖으려고 하자 오빠가 두 녀석을 조용히 시켰다.

멀리서 반갑다고 울부짖는 소리가 들렸다. 마루키는 소리가 난 곳으로 바로 뛰어가 자신의 친구 울프를 찾아냈다. 나는 어둠 속에서 길을 잃기 전에 어서 마루키와 울프가 내 곁으로 돌아와 주길 바랐다.

내딛는 걸음마다 자꾸 발을 헛디뎌서 휘청거리며 겨우 들판에 다다랐다. 벌판은 황량해도 숲길보다 밝았다. 밤하늘은 별이 그득해서 반달도 희끄무레해 보였다. 나는 개울가 덤불에 바싹 붙었다. 오토바이를 탄 남자들이 혹시라도 날 지켜보고 있을지 모른다고 생각했기 때문이다. 불빛도 없고 아무 소리도 들리지 않았다. 낑낑대는 개들의 울음소리 말고는. 그건 마치 두 마리 개가 서로 정답고 애틋하게 주고받는 대화 같았다.

나는 잠시 가만히 서서 둘이 내는 소리에 귀 기울였다. 천진난만한 개 두 마리가 다시 만나서 반갑다는 듯 서로의 냄새를 맡으며 작게 울부짖었다. 기분이 좋을 때는 철없는 바보들 같았다. 둘 다 괜찮아 보였다.

"마루키!"

나는 먼저 작은 소리로 한 번, 뒤이어 조금 더 큰 소리로 한 번 마루키를 부르고 잠시 기다렸다.

처음에는 헥헥거리는 소리가, 그다음에는 발톱이 땅을 긁는 소리가 들렸다. 어둠 속에서 시커먼 그림자가 내 다리로 휙 달려

들었다. 하얀 얼굴과 흰 다리가 내 주위를 맴돌았다.

"울프! 이리 와, 울프!"

하지만 울프는 다가오지 않았다. 나를 못 믿겠다는 듯 주변을 맴돌기만 했다. 몸을 낮추고 허공에 손을 뻗었다. 울프가 조심스럽게 내 손끝에 코를 대고 냄새를 맡았다. 하지만 내가 쓰다듬으려고 하자 몸을 웅크리며 피했다. 가엾은 울프, 겁쟁이가 되어 버렸다.

"마루키, 이리 와. 오빠한테 돌아가자."

일단 오빠에게 데려가 보기로 했다. 막상 텐트에 도착해서도 울프는 슬금슬금 텐트 가장자리를 비껴 움직였다. 그러면서 베어에게는 코를 비비고 내가 다가가면 잽싸게 도망쳤다.

"울프가 왔어?"

오빠가 텐트 지퍼를 열었다.

"응, 근데 우리를 겁내."

나는 마루키를 텐트 안으로 들여보냈다. 오빠가 개들 모두에게 앉으라고 명령했다.

"울프! 이리 와, 울프!"

울프는 여전히 꿈쩍도 안 하고 멀찌감치 떨어져 있기만 했다. 나는 차가운 삶은 감자와 내일의 몫으로 남겨 놨던 포섬 고기를 꺼냈다. 내일은 나머지 조각을 더 잘게 나누기로 했다.

울프는 내가 건넨 먹이에 선뜻 달려들지 않았다. 하는 수 없이 바닥에 먹이를 내려놓고 텐트로 돌아왔다.

"울프가 불쌍해."

"좀 지나면 올 거야. 그래도 살았잖아. 이젠 우리가 잘 지켜 줘야겠지."

오빠는 잠이 들었다. 나는 잠이 안 와 누워만 있었다. 텐트 밖에서 울프가 땅바닥을 긁는 소리가 들렸다. 들개처럼 자기가 잘 구멍을 파는 모양이었다.

추격자들

뜬눈으로 밤을 새웠나 보다. 나는 새벽 하늘이 밝아 오자 제일 먼저 일어났다. 울프를 보러 가고 싶었다. 조용히 텐트 입구를 열자 개들이 깨어나 바깥으로 나가겠다고 몸을 들썩였다. 앉아 있으라고 했지만, 녀석들은 아랑곳하지 않았다. 나는 밖으로 고개를 살짝 내밀어 주변을 살펴본 다음, 아무도 없는지 확인하고 텐트를 활짝 열었다.

울프가 나무 옆에서 껑충거리며 모두에게 인사했다. 한쪽 귀가 떨어져 나간 모습이 제일 먼저 눈에 띄었다. 너덜너덜한 귓바퀴에 피딱지가 앉았다. 그때 울프의 갈색 털 속에서 둥글고 하얀 물체가 반짝였다. 그것은 울프의 하네스에 매달려 있었다.

나는 재빨리 몸을 던져 울프의 하네스를 붙잡았다. 울프가 날

질질 끌고 가기 전에 재빨리 그것을 비틀어 떼어 냈다. 잘 보니 무선 표시가 있었다. 위치 추적기 같았다.

"일어나! 우리 떠나야 해!"

나는 오빠에게 소리쳤다. 오빠는 무릎으로 서서 팔을 가슴께로 당기고 고개를 두리번거렸다.

나는 위치 추적기를 들어 보였다.

"울프한테 위치 추적기가 달려 있었어! 시간을 벌어야 하니까 내가 멀리 가서 버리고 올게. 돌아올 때까지 개들이랑 있어."

"안 돼! 엘라, 놈들이 널 찾을 거야."

"알아! 하지만 곧 아침이야. 놈들이 언제 여기로 들이닥칠지 몰라."

나는 달렸다. 오빠가 뒤에서 개들을 불러들였다. 나는 허우적대며 개울을 건너 덤불 속으로 뛰어들었다. 골짜기 반대쪽으로 달리는 동안 나뭇가지와 고사리 줄기에 팔뚝이 긁혔다. 블랙베리가 무성한 수풀 속을 천천히, 티셔츠가 찢어지지 않도록 조심스럽게 빠져나가 골짜기 위로 갔다. 놈들이 위치 추적기를 따라 골짜기를 헤맨다면 따돌릴 수 있겠지.

오솔길 위로 농가가 보여서 그쪽으로 향했다. 아무 소리도 없이 고요했다. 집 안에는 불빛 하나 보이지 않았다. 빈집 같았다. 추적기를 저 집에다 던져 버리면 놈들은 울프가 저리 가서 숨었다고 생각하겠지?

나는 몸을 낮춰 그 집을 향해 전속력으로 달렸다. 아직 어둑한 새벽이라 길에도 사람이 보이지 않았다. 누군가 길 건너로 이쪽을 내다본다 해도 잘 보이지 않을 테니 문제없었다.

철조망 울타리를 따라 집 주변을 한 바퀴 빙 돌았다. 집 앞마당 바닥에 깔린 나무 널빤지가 눈에 띄었다. 나는 그 널빤지 틈새로 추적기를 힘껏 던졌다.

돌아서는 길에 헛간이 보였다. 헛간 문은 돌을 괴어 열어 둔 채였다. 살그머니 안을 들여다보니 벽에 연장이 잔뜩 걸려 있었다. 그중 접착테이프가 눈에 띄었다. 은색 접착테이프는 널찍해서 오빠 팔을 고정하기에 좋아 보였다. 나는 아이스박스를 밟고 올라가 벽에 걸린 테이프를 잡았다. 다시 또 주변을 둘러보는데 이번에는 스티로폼 상자가 눈에 들어왔다. 나는 그것도 챙겨 들었다.

울타리 구멍을 비집고 나오는데, 집에서 문이 열리고 어떤 아저씨가 소리를 질렀다.

"야!"

나는 뒤도 돌아보지 않고 골짜기 쪽으로 달렸다. 아무도 따라오지 않았다. 그냥 겁만 줄 생각이었나? 나는 달리다 말고 잠시 멈춰서 주변을 살펴보다가 다시 뛰었다.

텐트로 돌아가 보니 개들이 하네스 옆에 앉아 나를 기다리고 있었다. 이미 자기 하네스를 입고 있는 울프만 갱라인에 묶여 있었다.

오빠는 텐트를 거두고 침낭을 쌓아 둔 위에 드러누워 물었다.

"어디 갔다 왔어?"

오빠가 얼굴 가득 인상을 썼다. 팔이 흔들릴 때마다 아파 죽겠는지 다른 쪽 팔로 감싸 안았다.

"시간을 벌었어. 그리고 이걸로 깁스해 줄게."

나는 테이프와 스티로폼 상자를 오빠에게 보여 주었다. 깁스를 하기 전에 먼저 개들을 먹이기로 했다. 포섬 고기를 꺼내 반씩 나누어 가장 큰 덩이를 울프에게 주었다. 울프는 지난번에 먹지 못했으니까.

개들이 구린내 나는 고기를 씹는 동안, 깁스를 만들어 보기로 했다. 스티로폼 상자를 오빠의 멀쩡한 팔에 대어 보았다. 크기는 적당해 보였다. 상자를 반으로 가르니 팔꿈치부터 손가락까지 오빠의 다친 팔을 온전히 감쌀 수 있었다.

"여기에 오빠 팔을 대 봐. 그런 다음에 스티로폼 조각과 팔을 테이프로 감아 버리자. 그러면 팔이 고정될 테니까 움직일 때 덜 아플 거야."

나는 오빠의 팔을 감고 있던 고무줄을 풀고 그동안 지지대가 되어 주었던 나무껍질과 티셔츠를 떼어 냈다. 그다음으로 스티로폼 상자 안에 오빠 팔을 살살 집어넣었다.

오빠는 아픔을 참느라 눈에 눈물이 그렁그렁 맺혔다. 오빠가 멀쩡한 손으로 부러져서 흐느적대는 팔을 받치고 있는 동안, 나는 조급한 마음과 싸웠다. 빨리 여길 떠나야 하는데. 놈들이 울프가 밤사이에 우리와 지낸 걸 알아챘으면 어떡하지? 그러면 추적기를 버리고 온 그 집에는 가 보지도 않고 곧장 이리로 올 텐데.

하지만 마음속 깊이 조급증을 꾹 눌렀다. 오빠의 부러진 팔을 조심스럽게 만졌다. 부은 팔 양쪽으로 길쭉한 스티로폼 조각을 맞대어 테이프로 칭칭 감았다. 손, 팔뚝, 티셔츠, 스티로폼, 팔꿈치까지도 전부 다 꼼꼼하게 감았다. 이제 부러진 뼈를 단단히 고정시킨 듯했다.

오빠는 팔을 살살 들어 보더니 숨을 후우, 하고 길게 내쉬며 고개를 끄덕였다. 고갯짓만 해도 아픈지 머리를 잡고 얼굴을 찡그렸다.

나는 재빨리 침낭과 텐트를 둘둘 말아 카트에 실었다. 개들에게 하네스를 씌워 갱라인에 연결 고리를 채웠다. 개들은 이제 곧 달린다는 걸 눈치챘는지 소란을 피웠다. 울프도 친구들과 함께 뛸 생각에 신이 난 모양이었다. 오빠가 개들을 조용히 시키는 동안 나는 얼른 물통을 채웠다.

나는 울프에게 가까이 다가가 떨어져 나간 귀를 살펴보았다. 뾰족 솟아 있던 귀 끝이 찢긴 듯이 잘려 나가 아랫부분만 남아 있었다. 상처에는 피가 엉겨 붙고 귓속의 분홍색 살점이 훤히 드러나 보였다. 원래대로라면 바깥쪽은 까맣고 속은 하얀 털에 테두리만 까만, 세모난 모양으로 쫑긋 서 있어야 했다.

하지만 해 줄 수 있는 게 아무것도 없었다. 가엾은 울프.

핸들을 잡고 출발 신호를 보냈다. 오빠는 카트를 조종할 수 없으니 발판에 앉아 카트 바구니에 발을 올리고 다친 팔을 꼭 끌어안았다. 카트를 따라 몸도 흔들려서, 팔에 충격이 덜 가게 하려했다. 오빠는 바구니 안에다 발로 지도를 펼친 채 들여다보았다. 햇빛이 내리쬘 때는 잔뜩 미간을 찌푸렸고, 그러다가 끙 소리를 내며 나한테 지도를 건넸다. 지도를 보는 일조차 몹시 힘든 모양이었다. 당분간은 나 혼자서 길을 찾아보기로 마음먹었다.

내 조종 솜씨가 아직 서툴러서 카트가 가시덤불과 잡초 사이를 매끄럽게 지나가지 못했다. 가끔 오빠는 꽥 비명을 지르기도하고 입에 들어간 가시를 뱉어 내기도 했다. 그래도 나한테 이러쿵저러쿵 참견하지 않아 좋았다. 너무 아파서 뭐라고 잔소리를할 정신도 없는 듯했다. 오빠는 부러진 팔과 총에 맞은 머리 중어디를 먼저 잡아야 할지 갈팡질팡했다.

우리 뒤쪽 어딘가에서 총소리가 울렸다. 오빠와 나는 서로 눈을 마주쳤다. 오빠가 눈을 가늘게 뜨며 우리가 지나온 길을 돌아보았다. 추적기를 던져 둔 집에 사는 사람이 오토바이 남자들과맞서 싸우는 걸까? 그렇다면 놈들은 곧 개도, 총을 가져간 꼬마도 그곳에 없다는 사실을 알아차릴 텐데.

"길에다 총을 버릴까? 총을 되찾으면 우릴 쫓아오지 않겠지?"

"그럴 수도 있지."

오빠는 신음을 내뱉고 말을 이었다.

"하지만 그놈들이라면 계속 쫓아올지도 몰라. 그럴 경우, 우리한테 총이 없으면 무슨 수로 우리가 놈들을 겁줄 수 있겠어? 또 우리가 총을 버린다 한들, 놈들이 그 총을 보게 될지 말지도 모르는 일이고."

달리는 틈틈이 나는 뒤를 돌아보았다. 불빛도, 뒤따라오는 사람도 없었다. 땅도 단단한지 전처럼 바퀴 자국과 개 발자국이 선명히 남지 않았다.

뭉게뭉게 피어나는 먼지 너머로 집이 하나 보였다. 나는 손가락으로 가리켰다.

"불빛이나 움직임이 있어?"

오빠가 물었다.

"그런 건 아니야."

"아직 갈 길이 멀어. 밤이 될 때까지 기다릴 수는 없으니 그냥 지나치자."

오빠 말대로 나는 개들을 계속 달리게 했다. 얼핏 보니 그 집의 모든 창문에 나무판자로 못이 박혀 있었다. 구불거리는 길을 따라 언덕 사이를 지나 개울을 건넜다. 아까 그 집은 이제 멀리 보였고, 여전히 아무런 기척도 느낄 수 없었다. 나는 마음이 놓여 깊은 숨을 내쉬고 달리는 데 집중했다.

새로운 벌판이 펼쳐졌다. 넓고 황량한 들판에 집 두 채와 헛간이 서 있었다. 이번에도 역시 빈 집처럼 보였다. 그 집의 주인도 메마른 땅을 등지고 우리처럼 어딘가 좀 더 살 만한 땅을 찾아 떠난 듯했다.

황무지는 계속 이어졌다. 지역을 구분하는 낡은 울타리 기둥이 아니라면 수천 수만 평이 한결같은 메마른 땅인 셈이었다.

"며칠 숨어 지낼 곳을 찾자."

날이 더워지자 오빠가 겨우 한마디 내뱉었다.

오빠는 팔을 고정시키려고 이렇게도 해 보고 저렇게도 해 보더니, 두 시간쯤 지나자 다 집어치우고 그냥 가슴께로 팔을 당긴 채 얼굴을 찡그렸다. 아프다는 말은 한 마디도 하지 않았다. 우리 둘 다 더욱 먼 곳으로 가야 한다는 것을 알고 있었다. 오빠는 죽을힘을 다해 참았다.

나를 이루는 사람들

　우리는 양철 헛간을 찾아 몸을 숨겼다. 목초가 자라던 시절에 건초 더미를 보관하던 창고 같았다. 지금은 문들이 활짝 열린 채 안이 텅 비어 있었다. 굶주린 캥거루가 주인 없는 빈 헛간을 발견하고 지푸라기 하나까지 남김없이 먹어 치운 모양이었다.

　개들은 갱라인에서 풀려나자 먼지투성이 바닥에 털썩 주저앉아 숨을 헐떡였다. 나는 개들에게 물과 마지막 남은 삶은 감자, 그리고 멍든 사과를 나눠 주었다. 개들한테 좋은 먹이는 아니겠지만 계속 달리게 하려면 무엇이든 먹여서 배를 채워야 했다.

　아빠는 배고픈 개보다 슬픈 건 없다고 늘 이야기했다. 16,000년이나 되는 오랜 세월을 사람들과 함께 서로 의지하면서 살아왔는데, 사람이 개를 굶주리게 한다면 그건 매우 애석한 일이라고 했다.

울프가 고개를 숙인 채 내 주위를 어슬렁거렸다. 배는 고프지만 여전히 사람에게 가까이 다가서기가 겁이 나는 모양이었다. 나는 웅크리고 앉아서 울프의 턱을 살짝 긁어 주었다.

"울프, 이 바보야! 나랑 오빠는 널 절대로 해치지 않아."

오빠와 나는 자두를 먹었다. 불을 피워서 생감자를 삶을 수도 있겠지만 위험한 행동은 피하고 싶었다. 양철판이 햇볕에 달궈져서 손가락이 데일 듯 뜨거웠다. 나는 감자를 얇게 썰어서 양철판 위에 올려놓았다. 그런 식으로 감자칩을 말려 먹는다는 얘기를 들은 적은 없지만, 그냥 한번 해 보는 거다. 개들이 다가와 킁킁대서 쫓아 보냈다. 녀석들도 많이 지쳤는지 굳이 나와 실랑이를 하지 않았다. 언젠가는 주겠지, 하는 표정으로 나랑 썰어 놓은 감자를 번갈아 쳐다보았다.

"소용없어."

오빠가 말했다.

"생감자보단 맛있겠지?"

오빠는 침낭 위에 누워 잠을 청했지만 계속 몸을 뒤척였다. 그러더니 결국 다시 일어나 지도를 펼쳤다. 이제는 눈까지 아픈지 눈살을 찌푸리며 지도를 바라보았다.

"5일이면 엄마네 집에 도착할 줄 알았어. 근데 3일 걸릴 줄 알았던 거리를 일주일째 가고 있다니……."

나는 어쩔 수 없다는 듯 어깨를 으쓱했다.

"지도로 보기엔 쉬워도 실제로는 만만치 않네."

"우리가 오전에 세 시간, 저녁에 두 시간을 달린다고 치자. 그럼 하루에 다섯 시간이지. 한 시간에 15킬로미터씩 달린다면, 하루에 75킬로미터야. 아직 200킬로미터나 더 가야 하는데, 그럼 오늘 저녁까지 달리고도 3일을 더 가야 해!"

오빠는 아아, 하며 탄식 섞인 비명을 지르더니 침낭 위로 쓰러졌다. 마치 수학이 오빠를 죽인 것처럼.

나는 오빠 옆에 누웠다.

"괜찮아. 무사히 도착하기만 한다면, 3일이 걸리든 일주일이 걸리든 괜찮다고."

"200킬로미터라고! 가진 건 생감자뿐이고, 개들한테 먹일 고기는 떨어졌어. 울프는 다쳤고 나도 팔이 아파 죽겠어. 머리도 아파 죽겠고! 생각을 제대로 할 수가 없어. 게다가 쫓기는 신세잖아."

오빠 눈에서 눈물이 흘러 뺨을 지나 귀로 떨어졌다.

"엘라, 나는 내가 해낼 줄 알았어. 바보 같은 생각이었지. 그냥 집에서 아빠를 기다려야 했나 봐."

우리를 지키기 위해 그토록 애쓰던 오빠가 무너지다니, 마음이 아팠다. 나는 아무렇지도 않은 척 오빠의 옆구리를 쿡 찌르며 말했다.

"그럼, 다 관두고 집으로 돌아가자."

오빠는 내가 헛소리를 한다는 듯이 인상을 찌푸리며 콧방귀를 뀌었다.

"그게 더 멀겠다!"

"그럼, 이 헛간에서 살지, 뭐."

나는 손으로 헛간 구석구석을 가리키며 말했다.

"저기가 침실이고, 그 옆은 거실이고, 여기는 부엌이야."

"너 바보지?"

나는 피식 웃었다.

"우린 계속 가야 해. 오빠가 머싱 카트를 구해 온 덕분에 도시에서 탈출할 수 있었어. 우리가 해낸 거야. 오빠, 우린 할 수 있어."

"지금쯤이면 더 멀리 가 있을 줄 알았다고. 이 땅은 나한테 안맞아. 난 여기 있기 싫어."

"누구나 싫겠지. 아무것도 없잖아."

"그런 게 아니야. 집에 거의 다 왔을 때 느끼는 그런 기분 있잖아, 알지? 그런 기분이 안 든다고."

아주 오래전, 아빠의 전기 자전거를 타고 학교에서 집으로 돌아오던 때가 생각났다. 나는 자전거 뒷자리에 앉아 다리를 대롱대롱 흔들면서 발장난을 쳤다. 아빠는 몸을 좌우로 흔들면서 힘차게 페달을 밟아 속력을 냈다. 그러다 마침내 익숙한 동네 거리에 이르면 우리는 활주하듯 양팔을 벌린 채 친숙한 공기를 만끽

했다. 아빠도 나도 웃었다. 마치 우리를 둘러싼 공기만 달라서 숨 쉬는 것조차 가뿐하고 마음이 놓이는 느낌이었다. 그 복잡한 도시를 등지기라도 한 것처럼. 물론 그때 우리는 아직 도시 깊숙이 뿌리를 박고 있었다.

나에게 있어 집이라는 곳은 사람들로 북적대고, 아빠가 요리하고, 발명품이 넘치고, 커다란 개 세 마리가 신이 나서 우리에게 달려드는 장소였다. 하지만 오빠에게는 집이 두 군데다.

"네가 있어야 할 곳에 제대로 있을 때 느끼는 기분 말이야."

"오빠네 할아버지 댁을 말하는 거야?"

오빠는 고개를 끄덕였다.

"오빠는 왜 도시로, 아빠한테로 보내진 거야?"

"엄마가 물고기는 큰물에서 놀아 봐야 한다고 그랬어. 나는 그냥 엄마의 버섯 농장을 돕고 싶다고 했는데, 무슨 말이 통해야지. 아직은 괜찮다고, 농장일은 공부를 다 끝내고 돌아와서 해도 괜찮다면서."

"나는 오빠가 와서 좋았는데."

오빠가 오기 전에는 어떻게 살았는지 생각나지 않았다. 아마도 내가 여섯 살, 오빠는 열 살이었나 보다. 나는 금세 오빠가 좋아졌다. 그러기 전에는 오빠가 방학 때 도시로 놀러 오기도 하고 아빠가 나를 오빠네 할아버지 댁으로 데려가기도 했다지만, 기억이 나지 않는다. 오빠가 우리 집에 와서 같이 지내게 되어서 얼마나 기뻤는지, 그리고 방학 때마다 오빠가 혼자 시골집으로 돌아가서 얼마나 화가 나고 서운했는지, 그런 기억만 생생했다.

오빠는 겨우 미소를 지었다.

"나도 동생이 생겨서 기뻤어. 하지만 늘 집에 돌아갈 때를 기다렸지. 그래서 널 데리고 나오고 싶었나 봐. 너도 내 일부니까. 나는 늘 양쪽 세계의 장점을 모두 받아들이려고 애썼어. 맨 처음 엄마가 아빠한테 가라고 했을 때는 왜 내가 집을 떠나야 하나 싶었고, 할아버지한테 나 좀 그냥 있게 해 달라고, 엄마랑 할머니한 테 말 좀 해 주면 안 되겠느냐고 애원도 했지. 나는 할아버지 건강이 점점 나빠지는 게 걱정스러웠어. 하지만 할아버지는 내가 집에 올 때까지 기다려 주겠다고 약속하면서 이런 말을 했어.

적어도 고등학교를 마칠 때까지는 아빠랑 지내 보라고. 그 또한 내 일부가 될 거라고, 내가 그걸 무시한다면 진짜 내가 누구인지 절대로 알지 못한다고 했지. 내가 나를 이루는 내 사람들을 모두 알아야 한다고. 할아버지는 그러질 못했대. 할머니의 아프간 음식과 관습을 알듯, 할아버지가 가르쳐 준 우리 땅과 우리 부족, 우리 농법을 알듯, 아빠 쪽 방식도 알아야 한댔어. 몸 하나에 여러 가지 문화를 담으려니 쉽지 않아. 나는 그저 우리 할아버지를 닮고 싶을 뿐인데."

나는 오빠의 다치지 않은 손을 잡아끌어 내 손바닥 위에 펴 보았다. 손가락 주름과 손톱 밑으로 흙이 들어가 있었다. 내 손이랑 똑같았다. 우리는 둘 다 똑같은 손을 지녔다. 긴 손가락과 손톱 밑에 그어진 선들도 똑같았다.

"할아버지가 오빠를 보내 주셔서 다행이야. 나한테 내가 모르는 세계를 보여 주려고 해서 고마워."

우리는 한낮의 더위에 깜박 잠이 들었다. 나는 오빠와 개들이 더위를 먹지 않도록 마지막 남은 물을 주었다. 그리고 나도 한 모금 홀짝 마셨다.

해가 질 무렵, 나는 말린 감자칩을 먹어 보았다. 온종일 땡볕 아래서 말라 비틀어진 갈색 감자칩은 맛이 끔찍했다. 그래도 개들은 아랑곳하지 않고 잘 먹었다. 나는 진짜 맛있는 척했다.

"음, 바삭바삭하네. 소금만 조금 뿌리면 딱 좋겠어."

나는 냠냠거리며 오빠에게 말했다.

오빠는 하나 입에 넣더니 다 뱉어 냈다.

"상자 쪼가리 같아."

오빠가 투덜거렸다. 나는 웃으며 나머지 감자칩을 개들에게 주었다.

다시 갱라인에 개들을 묶었다. 침낭은 돌돌 말아 카트 바구니에 꾹꾹 쑤셔 넣었다. 개들이 껑충거리며 짖기 시작했다.

엄마의 그림자

우리는 또다시 들판을 가로질렀다. 한쪽에는 작은 언덕들이, 맞은편에는 황량한 벌판이 죽 펼쳐져 있었다. 물이 다 떨어져 가는데 개울은 보이지 않고 나무 한 그루도 눈에 띄지 않았다. 곧 날이 어두워질 텐데, 어딘가에서 우뚝 멈춰 서야 할지도 모른다는 생각에 막막했다. 우리 개들은 몸집이 커서 물을 많이 마셔야 한다. 물을 못 마시면 진짜로 크게 탈이 날지도 모른다.

한 시간, 아니 두 시간쯤 달렸을까? 마루키가 자꾸만 뒤를 돌아보았다. 처음에는 힘이 부치거나 목이 마른 건가 했다. 하지만 마루키는 나와 눈을 맞추는 게 아니었다. 그때부터 나도 뒤가 신경 쓰여 바짝 귀를 기울이기 시작했다. 마루키가 뭘 걱정하는지 알 수 없었다. 그때 카트 뒤편 먼 곳에서 뭔가가 반짝였다.

"우리 뒤에 누가 있어!"

오빠가 휘청거리는 몸을 일으켜 카트 뒤편을 살펴보았다.

"오토바이야. 계속 따라오고 있어!"

오빠는 발판에 발을 딛고 한 손으로 자기 몸을 지탱하며 주위를 살피더니 외쳤다.

"왼쪽으로! 마루키, 왼쪽으로!"

마루키가 언덕을 향해 방향을 돌렸다.

"언덕을 넘어갈 거야? 눈에 잘 띌 텐데?"

"길이 온통 돌투성이라 오토바이로는 올라오기 힘들 거야. 근데 숨을 곳을 찾기는 힘들겠다. 정말 아무것도 없네."

오빠 말대로 이쪽은 허허벌판이었다. 언덕의 돌들은 매끈하고 둥글둥글해서 마치 거대한 양이 잠들어 있는 듯했다. 울퉁불퉁한 땅을 덜컹거리며 반쯤 올라갔을까? 정말로 놈들이 나타났다. 전에 봤던 하얀 전기 오토바이였다. 물러설 곳이 없다는 생각이 들자 나는 주머니에서 권총을 꺼냈다.

"오빠! 꼭 붙들고 계속 달려!"

"엘라! 안 돼! 놈들이 널 잡을 거야."

"아니, 저놈들은 카트를 쫓아갈 테니 괜찮아! 멈추지 마."

오빠가 총에 맞았던 그때처럼 나도 똑같이 카트에서 뛰어내렸다. 달리 뾰족한 수가 없었다.

나는 검은 후드 티를 뒤집어쓰고 까만 돌처럼 회색 바위 사이에 웅크렸다. 제발 놈들이 나를 그냥 지나쳐 가기를 바랐다. 권총의 안전장치를 풀고 총을 들어 올렸다. 덜덜 떨리는 손으로는 총을 들고 있기조차 힘들었지만, 뭔가 내가 할 수 있는 일이 있길 바랐다.

오빠의 예상대로 오토바이는 돌로 뒤덮인 언덕을 잘 달리지 못했다. 바퀴가 산악 오토바이처럼 우둘투둘한 게 아니라 매끄러운 로드바이크였다. 오토바이 운전자 두 명은 이내 돌길 위로 내려서서 오토바이를 끌며 언덕을 올랐다. 그중 한 사람이 유유히 총을 꺼내 들었다.

두 사람은 내 눈앞에 가까이 다가와 하늘을 등지고 섰다. 한 사람은 여자였다. 여자는 앞서 걷다가 멈춰서 뒤를 돌아보았다. 나는 두 손으로 총을 꼭 붙들고 여자의 가슴을 겨누었다. 총이 흔들리지 않게 손아귀에 잔뜩 힘을 주었다. 바위처럼 보이려고 깊숙이 숙인 고개가 뻐근했다.

"저기요, 이건 아무리 생각해 봐도 헛짓거리예요. 날이 밝을 때까지 기다려 보는 게 낫지 않겠어요?"

엄마?

그건 분명 우리 엄마 목소리였다. 나는 총을 내리고 몸을 살짝 일으켰다. 어떻게 엄마가 여기 있는 거지? 도무지 이해할 수 없는 상황이었다.

엄마는 내 쪽을 등지고 서더니 손가락으로 아래쪽을 가리켰다. 마치 나보고 가만히 숨죽이고 있으라는 신호 같았다. 남자가 뒤따라왔다. 나는 다시 몸을 숙였다. 엄마가 나한테서 멀리 떨어진 곳을 가리켰다.

"설마 여길 밤새 뒤지고 다닐 생각은 아니겠지요? 그건 시간 낭비예요. 그 녀석들은 언덕 너머에 숨었을 거예요. 어두워서 아무것도 안 보이니까 내일 밝을 때 오지요."

"뭐, 괜히 힘 뺄 일은 아니니까, 그럽시다."

남자가 몸을 돌렸다. 언덕을 내려가는 발소리가 들렸다. 엄마는 다시 내 쪽을 돌아보고 엄지를 치켜들었다.

나는 엄마한테 달려가고픈 마음을 꾹 누르며 울음을 참았다. 멀어져 가는 뒷모습을 바라보고 또 바라보았다. 다시는 볼 수 없을지 모른다는 생각에, 다시 사라져 간다는 생각에 엄마의 그림자를 눈에 새겼다.

그때 낑낑대는 울음소리가 들렸다. 카트가 휘청하더니 마루키가 펄쩍 뛰는 모습이 보였다. 혹시 엄마를 알아보았나? 마루키는 곧장 엄마에게로 달려들려는 듯했다. 나는 돌처럼 온몸이 뻣뻣이 굳었다. 제발 마루키가 제자리로 물러서기를 바랐다.

탕—!

총소리가 울렸다. 마루키가 총에 맞았나? 남자의 짓인가?

엄마가 헉, 하고 돌밭 위로 고꾸라졌다. 나는 손에 쥐고 있던 총을 떨어뜨렸다. 나도 모르게 손에 힘이 들어간 걸까? 아니다!

분명 내 총소리는 아니었다. 엄마 옆으로 황급히 달려가는 남자의 발소리가 들렸다. 나는 입을 틀어막았다. 숨이 멎는 듯했다. 총에 맞은 건 우리 엄마였다!

한 번 더 총소리가 울려 퍼졌다. 이번에는 남자가 되받아치듯 언덕 위를 향해 총을 쏘았다. 개들이 돌멩이를 밟으며 달려오는 소리가 들렸다. 카트가 옆으로 쓰러지며 끼익, 요란하게 바닥을 긁었다.

남자가 다시 총을 들어 개들을 겨냥했다. 나는 바닥에 떨군 권총을 찾아 더듬거렸다. 어서, 어서! 손에 잡히지 않는 총을 찾아 허둥거렸다. 등 뒤로 또 총소리가 들렸다. 오빠가 쏜 듯했다. 어떻게 한쪽 팔로 총을 들었을까?

남자는 또다시 되받아치듯 총을 쏘고는 엄마 쪽으로 허둥지둥 달려갔다. 엄마는 쓰러진 채 아무 소리도 내지 않았다. 나는 온 힘을 끌어모아 권총을 꽉 붙들고 남자의 머리를 향해 방아쇠를 당겼다. 탕! 소리를 내며 총알이 날아갔다. 반동에 밀려 개머리판에 머리를 찧었다. 내 앙상한 팔로는 총을 제대로 잡기 힘들었다.

남자는 겁쟁이처럼 몸을 숙이고 돌밭을 가로지르더니, 부리나케 오토바이에 시동을 걸고 어둠 속으로 몸을 감추었다. 오토바이 불빛이 쏜살같이 멀어지면서 희미한 빛으로 어른거렸다.

"오빠! 쏘지 마! 엄마야!"

나는 다친 머리를 움켜잡으며 소리쳤다. 오빠의 대답을 듣기도 전에 비틀거리며 엄마에게 달려갔다.

"엄마!"

목소리가 떨리고 팔이 흔들렸다. 바보 같은 총은 돌밭에다 아무렇게나 던져 버렸다. 왜, 대체 왜, 내 가족들은 모두 총에 맞는 거야! 나는 겁이 나서 엄마를 만질 수 없었다. 엄마가 피투성이가 되어 죽었을까 봐, 다시는 엄마를 안지 못할까 봐.

그때 엄마의 다리가 움직였다. 엄마는 죽지 않았다!

"엘라!"

엄마가 휘청거리며 일어났다.

"조심하세요!"

헬멧을 벗은 엄마가 나를 꼭 끌어안았다. 내 얼굴은 엄마의 목덜미에 폭 파묻혔다.

엄마 머리에서 땀 냄새가 흠씬 났지만, 그런 건 아무래도 괜찮았다. 8개월하고 24일 동안이나 보지 못한, 다시는 볼 수 없을 줄 알았던 엄마가 바로 여기에서 나를 끌어안고 있었다. 그렇게도 바라던 엄마가, 심장이 뛰는 엄마가 바로 내 앞에 있다니.

엄마는 내 뺨과 이마에 뽀뽀를 했다. 개머리판에 부딪혀서 아픈 이마의 통증은 상관없었다. 엄마는 계속해서 다른 쪽 뺨에다가도, 입술에다가도 뽀뽀를 퍼부었다. 나는 웃음이 났다.

"그놈들이 너희 중 하나가 죽었댔어."

"엄마는 안 다쳤어요?"

"응, 조금 다쳤어. 에머리가 쏜 총에 맞은 척하려고 돌밭에 뛰어들었거든. 너흰 절대로 돌밭에 뛰어들지 마. 알았지? 헬멧을 썼는데도 너무 아파."

엄마는 손으로 땅 위를 더듬거렸다.

"총은 어디에 뒀니?"

나는 아까 몸을 숨긴 곳으로 돌아가며 큰 소리로 외쳤다.

"오빠! 나와 봐! 괜찮아!"

오빠는 아직도 모습을 드러내지 않았다. 나는 총을 집어 엄마에게 건넸다. 엄마는 쓰러진 척했던 돌밭에 와서 말했다.

"그놈들이 내가 죽었다고 믿게 만들고 싶어. 숙여! 총알이 튕겨 나올 거야."

엄마를 따라 나도 바위 뒤로 몸을 숙였다. 엄마는 방금 전 자신이 쓰러져 있었던 땅바닥에다 총을 쏘았다. 또다시 총소리가 울리자 오토바이 불빛은 방향을 다른 쪽으로 바꾸어 벌판 아래로 내려갔다. 총소리를 듣고 더 멀리 도망간 것이다.

발을 질질 끄는 소리가 들렸다. 오빠가 하늘을 등지고 바위 위에 서서 우리를 내려다보았다. 멀쩡한 팔로 소총을 끼고 엄마를 향해 겨누었다.

"에머리!"

엄마가 오빠 이름을 불렀다. 오빠는 털썩 주저앉더니 흐느꼈다. 우뚝 서 있던 오빠의 실루엣이 무너져서 작은 소년이 되었다. 오빠는 바위 아래로 내려왔다.

"왜 여기 계세요? 아빠는요?"

오빠는 순간 숨이 막힌 듯 말을 멈추었다 겨우 입을 열었다.

"내가 아빠를 쐈나요?"

엄마는 조심스럽게 오빠를 감싸 안았다. 나를 안을 때처럼 꼭 끌어안지는 못했다.

"아빠는 여기 없어. 네 사격 솜씨가 별로라서 다행이다. 팔은 왜 그렇게 됐니?"

"그놈들 짓이에요. 오빠 머리에도 총을 쏴서 머리가 움푹 팼어요."

내가 대신 대답했다.

"저런, 너무 아팠겠다."

엄마가 오빠한테 말했다. 오빠는 대답 없이 훌쩍이며 울음을 삼켰다.

"놈들한테서 개 썰매를 타고 다니는 애들을 만났다는 말을 들었어. 그래서 너희를 쫓아간다기에 냉큼 따라왔지."

"그런데 엄마는 왜 저 사람들하고 같이 있었어요?"

나는 물었다.

"어쩌다 보니."

"그놈들이 오빠랑 울프를 다치게 했어요. 그리고 우리를 해코지하려고 따라다녔고요."

엄마가 놈들과 한패였다니, 믿을 수가 없었다.

"아빠와 함께 집으로 돌아가던 길에 어떤 사람이 오토바이를 고치고 있길래 도와줬어. 그 사람한테 전기 오토바이와 태양광 패널을 잘 안다고 말한 게 실수였지. 그자가 동료를 몰고 와서 우릴 납치했거든. 그게 3일 전의 일이야.

그자들은 우리를 헛간에 가두고는 자기네 오토바이와 태양광 패널을 고치게 했어. 아빠는 휘발유 오토바이를 수리할 줄 안다며 나랑 같이 있으려고 했고, 우리 부부가 함께 지낼 수 있게 해줘서 감사하다면서 도망칠 순간만 노렸어. 그러다가 너희들 얘기를 들었지.

어린애 둘이 바퀴 달린 개 썰매를 타고 다닌다는 말을 들었을 때 너희 얘기라고 직감했어. 그런데 그중 한 명이 죽었다는 거야. 우리는 어떻게든 무너지지 않으려고 온 힘을 다해 견뎠어. 오늘 밤은 너희가 부수었다는 오토바이를 고치게 하려고 놈들이 날 딸려 보낸 거야. 나한테는 무기도 안 줬어. 하지만 네가 잡히도록 내버려 둘 순 없었지."

"아빠는요?"

"아빠는 열쇠를 만들었으니 몰래 빠져나왔을 거야. 아까 그 남자가 도착하기 전에 그곳을 빠져나와야 할 텐데."

엄마는 벌판 너머로 오토바이 불빛이 점점 작아지는 모습을 바라보았다.

"상상해 봐. 가족의 절반이 죽었다는 말을 듣는다면 어떨지 말이야."

"총이랑 오토바이를 여기 버리고 가면 어떨까요? 그럼 그 사람들이 우리를 쫓아오기를 그만둘까요?"

나는 물었다.

"지금쯤 포기했을지도 몰라. 다시 오려면 3일은 걸리거든. 오토바이를 다시 충전해야 하니까. 그러는 사이에 우리는 더 멀리 달아날 수 있을 거야. 동료들이 있긴 하지만, 다들 자기 앞가림하느라 바쁘겠지."

"혹시 거기에 염소도 있었어요?"

"염소? 아니, 왜?"

그때 어둠 속에서 개들이 낑낑대는 소리가 들렸다.

"아, 개들을 챙겨야겠어요!"

발에 채는 돌멩이 때문에 다리가 휘청거렸다. 나는 팔을 앞으로 뻗어 균형을 잡았다. 오빠와 엄마가 내 뒤를 따랐다.

"마루키!"

마루키는 길게 울부짖어 응답했다.

북슬북슬하고 시커먼 그림자가 경중거리며 내 얼굴을 핥았다. 마루키의 하네스에 달린 연결 고리를 갱라인에서 풀었다. 마루키는 곧바로 엄마에게 달려갔지만, 울프와 베어는 여전히 서로 뒤엉켜 있었다. 베어는 갱라인에 칭칭 감겨 있고 울프는 제자리가 아닌 곳에서 벌벌 떨고 있었다.

"아, 가엾은 베어."

나는 갱라인과 울프의 목줄에 휘감긴 베어의 목줄을 풀었다. 카트의 방향을 틀 때 울프가 잔뜩 겁을 먹고 베어 자리에 끼어드는 바람에 둘이 엉킨 모양이었다. 총소리도 무섭고, 한쪽으로 기울어 가는 카트도 두려웠겠지.

베어는 총총걸음으로 엄마에게 다가갔다. 그 모습을 보니 베어의 상태는 괜찮아 보였다. 스퀴드와 오이스터는 몸을 꼿꼿하게 세우고 앉아 있었다. 허스키들의 하얀 털은 밤에도 눈에 띄었다. 녀석들은 가만히 앉아 내 손길이 닿기를 기다렸다. 울프는 뒤엉킨 줄 속에서 버둥대다 몸이 더 꼬여 버렸다.

"울프, 울프, 괜찮아. 우리 꼬마 울프."

꼬마라고 부르기에는 덩치가 거의 내 몸집만큼 큰 녀석이지만, 나는 아기처럼 어르고 쓰다듬으며 줄에서 풀어 주었다. 그런 다음 울프 옆에 누워 그 따뜻한 등줄기에 내 손을 가만히 올려놓았다. 울프의 갈비뼈 밑으로 심장이 쿵쿵 뛰었다.

"옳지, 잘했어."

나는 울프에게 여러 번 말해 주었다.

마루키와 베어가 반갑다고 달려들자 엄마는 큰 소리로 웃었다. 잠시 뒤에 엄마가 작은 손전등을 비추며 내게로 왔다.

"울프는 괜찮니?"

"총을 무서워해요. 귀에 총을 맞았거든요."

"저런, 가엾어라."

울프는 엄마가 다가오자 슬쩍 자리를 피했다.

"놈들이 울프한테 위치 추적기를 붙이는 모습을 지켜보는 수밖에 없었어. 미안해, 울프. 시간을 끌지 말고 그 남자부터 따돌릴걸. 그러고 나서 너희를 찾을걸 그랬어. 위치 추적기를 떼어 버린 건 참 잘했어."

엄마가 오빠를 보며 말했다. 오빠의 아이디어라고 생각했나 보다.

"추적기는 외딴 집 아래쪽에 던져 넣었어요. 울프는 이제 한동안 달리기가 쉽지 않을 것 같아요."

내가 말했다.

"카트에 태우고 가자. 여기에 계속 머무를 순 없어."

"개들이 많이 지쳤어요. 배도 고프고 목도 마를 거예요."

오빠가 말했다.

"저 앞에 작은 시냇물이 있어. 거기 가서 몇 시간은 쉴 수 있겠지. 하지만 곧 다시 달려야 해."

엄마는 튼튼한 두 팔로 카트를 일으켜 세우고, 땅바닥에 흩어진 장비들을 챙겼다. 그런 다음 마루키와 베어를 제자리에 서게 하고 울프를 카트 바구니에 태웠다. 오빠는 그 옆에 발을 양쪽으로 벌리고 앉게 했다.

이윽고 다시 카트가 출발했다. 엄마는 돌투성이 길을 지나는 내내 오빠의 몸이 흔들리지 않게 단단히 붙잡아 주었다.

평평한 들판이 나타나자 엄마는 카트 앞에서 달렸다. 마루키가 그 뒤를 바싹 쫓고 나는 카트 핸들을 붙잡아 방향을 조종했다. 오빠와 울프를 태운 카트는 육중한 무게 때문에 전처럼 잘 나가지 않았다.

개울에 다다르자 달빛이 어스름하게 비추는 하늘 아래 시커먼 나무의 윤곽이 보이고 축축한 냄새가 났다.

한참 앞질러 뛰던 엄마가 헉헉대며 돌아와 마루키에게 워워, 하고 작은 소리로 속삭였다. 엄마는 카트를 세우더니 나에게 물었다.

"칼 가지고 있니? 저기 캥거루가 있어."

나는 주머니에서 칼을 꺼냈다. 엄마가 베어와 마루키를 풀어 주자 둘은 쏜살같이 달려갔다. 나는 내려서 갱라인을 둘둘 말아 어깨에 걸고 오이스터와 스퀴드 옆에서 함께 카트를 끌었다. 짙은 어둠 저편에서 마루키와 베어가 짖고 엄마가 둘을 부르는 소리가 들렸다.

"옳지, 착하다."

나는 오이스터와 스퀴드의 턱을 쓰다듬었다. 두 녀석도 캥거루를 쫓아가고 싶을 텐데, 나랑 같이 카트만 끌고 있으니 잘 참아 준 셈이었다.

엄마가 돌아왔다. 잇새에 손전등을 물고 손에는 작은 캥거루를 들고 있었다. 베어와 마루키는 캥거루가 다시 도망칠까 봐 걱정스러운지 캥거루 다리를 꽉 물고 있었다. 캥거루는 비쩍 말랐지만, 당분간 개들을 먹이기에는 충분해 보였다.

엄마는 베어와 마루키를 갱라인에 묶었다.

"개들한테 물이랑 먹이 좀 주자."

우리는 나무가 줄지어 선 곳으로 향했다. 엄마는 물을 끓여 마셔야 한다고 했지만, 개들과 나는 대뜸 얼굴부터 물에 담갔다.

오빠가 울프 옆에 앉아 있는 동안, 나는 텐트를 쳤다. 어두워도 아무 문제가 없었다. 개들은 냇가에서 물을 마시고 나서 캥거루 고기를 자르는 엄마 옆으로 가서 어슬렁거렸다. 울프는 가만히 앉아서 덜덜 떨었다. 울프에게 이 세상은 너무 잔인해서 제대로 서서 몸을 가누는 일조차 버거운 곳 같았다.

엄마는 손전등을 입에 문 채 캥거루의 목을 베어 흘러내리는 피를 냄비에 담았다.

"피는 왜요?"

"내가 총 맞아 쓰러진 곳에다 뿌리려고. 그러면 다시는 나를 찾지 않겠지."

"엄마 몸이 거기 없는데, 그 사람들이 어떻게 생각할까요?"

"그럼, 네가 개들한테 나를 먹였다고 생각하겠지."

"뭐라고요?"

나는 엄마 말에 펄쩍 뛰었다.

"우리가 도시를 떠나고 나서 세상이 얼마나 나빠진 거예요?"

오빠가 물었다.

"그래, 어느 정도는 전보다 나빠졌다고 볼 수도 있겠어. 문제는 몇몇 소수의 사람들이 자원을 독차지하려고 말썽을 일으키고 있다는 거야. 그런 사람들은 위험해. 날 데리고 있던 놈들도 마찬가지야. 도시 근처에 있던 농장들을 모두 엉망으로 만들어 버렸거든."

"우리도 봤어요. 그놈들이 염소 키우는 집을 불태웠어요."

"저런."

엄마가 나를 꼭 안아 주었다.

엄마는 캥거루의 넓적다리를 얇게 저며 라이터 불로 익힌 다음 나랑 오빠에게 주었다. 나머지 캥거루 고기는 개들한테 나누어 주었다. 울프도 다가와서 몇 덩이 받아 먹었다.

엄마는 두 시간 후에 깨우겠다며 곧바로 잠을 자라고 했다. 울프는 오빠와 나 사이에 뉘어 자는 동안 안정감이 들게끔 했다. 다른 개들은 근처 나무에 매었다. 고요함 속에서 개들이 뼈를 씹는 소리만 들렸다. 그러다 우리는 모두 잠들었다.

우웅, 하는 전기 오토바이 소리에 잠이 깨어 벌떡 일어났다. 마루키가 으르렁대지 않고 킹킹거려서 단번에 엄마인 줄 알아차렸다. 어느덧 하늘이 어슴푸레 밝은 새벽이었다.

우리는 텐트를 걷어 정리한 다음 카트에 실었다. 엄마는 카트를 끌고 개울 반대편으로 건너가 개들을 갱라인에 묶었다. 이번에는 울프도 같이 달리기로 했다. 한숨 자고 나서 그런지 녀석은 한결 기분이 나아 보였다.

"울프가 달리는 데 집중하게 해 주는 편이 좋겠어. 불안해하기만 해선 아무 도움이 안 될 테니까."

엄마는 투명한 플라스틱 약통에서 알약을 꺼내 오빠에게 주었다. 그러고는 오빠 머리에 감은 긴소매 티셔츠를 살짝 들춰 손전등 불빛을 비추어 보았다.

"꽤 깊게 파였잖아! 상처를 소독하고 붕대를 새로 감기 전까지는 그대로 둬야겠네. 크리스마스네 집에 도착할 때까지는 참아야겠어."

엄마는 한숨을 내쉬고 오빠를 보며 고개를 갸웃했다.

"너랑 울프, 둘 다 참 잘 숨었어. 근데 좀 더 잘 숨을걸 그랬다."

웃음을 짓는 엄마의 눈에 눈물이 그렁그렁 맺혔다. 나는 엄마와 눈이 마주치자 짐짓 고개를 끄덕였다. 자칫하는 순간에 오빠도 울프도 영원히 잃을 뻔했다는 사실을 우리 둘 다 잘 알고 있었다. 엄마는 내 손을 꽉 잡고 눈꺼풀을 깜박여 눈물을 떨어뜨렸다.

"아빠는 괜찮을까요?"

우리 모두 무사히 함께 모였으면 좋겠다. 이 세상은 혼자 있기엔 너무 위험했다.

"괜찮을 거야. 달랑 전기 자전거 하나로 도시 반대편 발전소까지 찾아와, 애들 엄마를 이제 그만 집으로 보내 달라고 내 상사들을 설득해 낸 사람이잖니? 자전거를 충전하는 데만 꼬박 하루가 걸릴 텐데 용케 그 아수라장을 빠져나왔더라. 아마도 너희들이 타고 온 자전거 도로랑 같은 길로 나왔겠지."

"그 길은 일찌감치 포기했어요. 너무 위험해서요."

"네 말이 맞아, 에머리. 그 길로 오다가 낡은 휘발유 트럭도 하나 마주쳤어. 아빠가 그 트럭을 수리해 준 덕택에 우리는 트럭에 자전거를 싣고 충전을 하면서 올 수 있었어. 전기 오토바이를 타고 다니는 그 패거리를 만나기 전까지는."

엄마는 끔찍하다는 듯 고개를 절레절레 흔들었다.

"우리한테 태양광 패널이나 기계를 수리할 능력이 없었다면 놈들은 우릴 쏴 죽였을지도 몰라."

"그런데 아빠는 어떻게 빠져나올 계획이래요?"

내가 물었다.

"아빠는 첫날부터 금속 조각을 갈아 열쇠를 만들었어. 놈들이 헛간에 가둔 날부터 매일. 슬쩍 보기만 했는데도 똑같이 만들어 내더라. 재주가 어쩜 그리 좋은지. 게다가 그 무리에 끼여 아주 영광스럽다는 듯이 연기를 하더라고. 자질구레하게 이것저것 고치는 일을 하면서 그놈들의 마음을 샀지. 아빠가 사라진 걸 알면 놈들은 깜짝 놀랄 거야. 동력은 끊기고 불빛도, 경보 알람도 다 먹통이 될 테니까."

나는 활짝 웃었다.

"에머리, 넌 오토바이를 타고 가는 게 어떻겠니? 카트보다는 덜 흔들리니까 그러는 편이 몸에 좋을 듯해. 당분간 머리나 팔에 충격을 주면 안 돼. 치료에만 집중해도 회복하는 데 며칠은 걸릴 테니까."

그 말을 하면서 엄마가 나와 눈을 맞추었다. 나는 얼른 고개를 끄덕였다. 이제 나는 혼자서도 개들을 끌고 달릴 수 있다. 마루키가 엄마랑 오빠가 탄 오토바이를 뒤쫓을 테니까 한결 수월하겠지.

그렇게 해서 엄마는 오빠를 오토바이 뒷자리에 태우고 천천히 달렸다. 마루키와 나머지 개들은 그 뒤를 쫓았다. 우리에게 불빛은 엄마의 작은 손전등이 전부였다. 그 오토바이는 며칠 전에 내가 헤드라이트를 깨 버렸기 때문이다. 그래서 엄마는 오토바이를 더욱 조심조심 몰았다.

한 시간도 못 잤지만, 개들은 캥거루 고기를 먹어서인지 어제보다는 힘이 넘쳐 보였다. 물통도 가득 채워 든든했다.

얼굴 가득 바람을 맞으며 드넓은 대지를 가로질렀다. 여긴 아무것도 없으니 어서 돌아가라고 바람이 경고하는 것만 같았다.

두 시간쯤 지나자 오토바이가 멈춰 섰다. 배터리가 다 떨어져서였다. 엄마는 오토바이를 밀어 돌무더기 뒤에 세우고 태양열 충전기를 오토바이에 연결했다.

"나중에 찾으러 와야겠네."

엄마는 태양열 패널에 잔뜩 쌓인 먼지를 닦고 오빠를 카트 뒷자리로 옮겼다. 그리고 또다시 달렸다.

엄마는 마루키 옆에서 나란히 뛰었다. 오빠는 진통제를 한 번 더 삼켰지만 카트에 누워 있기가 참을 수 없이 괴로웠는지 다시 신음하기 시작했다.

"워!"

엄마가 카트를 세우고 눈꺼풀에 엉겨붙은 먼지를 슥 문질러 닦았다. 그러고는 눈살을 찌푸린 채 주위를 휘둘러보았다. 산마루에 건초 헛간이 있었다. 엄마의 시선이 다른 쪽으로 옮아갔다. 가지가 듬성듬성한 관목 숲과 볼품없는 바위 끝에 가느다란 도랑이 파여 있었다. 엄마는 그쪽을 가리켰다. 우리를 쫓는 사람들이라면 둘 중 건초 헛간을 고를 테니까.

"오른쪽으로! 마루키, 오른쪽으로!"

나는 개들을 도랑 쪽으로 몰았다.

엄마와 나는 메마른 도랑 바닥에 텐트를 쳤다. 그리고 그 위에 나뭇가지를 덮어 위장했다. 태양은 어느새 높이 떠올라 우리 머리와 어깨를 뜨겁게 달구었다.

텐트 안은 이리저리 뻗은 팔다리로 미어 터졌다. 텐트 문이랑 통풍구가 시원해서 다들 그쪽으로 몰리는 바람에 밖에서 보면 텐트가 기우뚱했을 거다. 폴폴 날리는 개털 속에 한데 뒤엉켜 다 같이 코를 골며 낮잠에 빠져들었다. 우리는 그렇게 한낮의 더위를 버텼다.

늦은 오후가 되자, 너나없이 목이 말라 잠에서 깨어났다. 물병에 가득하던 물은 금방 바닥이 나 버렸다. 엄마가 말했다.

"물을 좀 더 구해 올게."

"저도 갈래요."

오빠가 따라가려고 하자 엄마가 고개를 저었다.

"누워 있어. 다친 몸으로 돌아다니면 안 돼."

오빠가 뭐라고 말대답을 하려 했지만, 엄마 목소리가 자못 단호했다.

"안 돼, 에머리! 내가 널 도울 수 있게 해 줘. 누구나 도움이 필요할 때가 있는 법이야."

나는 잠자코 두 사람을 바라보았다. 엄마와 오빠는 늘 이런 식으로 다투었다. 엄마가 오빠한테 '엄마 말' 좀 들으라고 하면, 오빠는 '친엄마'도 아니지 않느냐고 대꾸했다. 이번에는 오빠가 한 발 물러섰다. 지금 이 순간, 오빠에게는 도움이 절실했다.

이번에는 내가 엄마를 뒤따라가려고 나섰다. 이번에도 엄마는 고개를 저었다.

"엘라, 넌 할 일이 있잖니? 오빠를 돌봐 주고 개들을 조용히 시켜야지. 오빠가 아무 걱정 없이 편히 쉴 수 있게 말이야. 엄마는 베어를 데려갈게. 알았지? 혹시 텐트 밖으로 나갈 때는 혼자 다니지 말고."

나는 뺨을 한 대 얻어맞은 양 얼굴이 화끈 달아올랐다. 엄마는 혹시라도 돌아오지 못할 경우에 대비해서 마루키가 아니라 베어를 선택했다. 카트를 끌려면 마루키가 있어야 하니까. 그래야 우리만이라도 길을 찾아 떠날 수 있을 테니까. 그만큼 엄마가 다녀오려는 길이 험난하다는 뜻이었다.

"알겠어요. 전 이곳을 안전하게 지킬게요."

"물론이지. 꼬맹이, 넌 잘해 낼 거야."

엄마가 내 어깨를 토닥였다.

엄마를 만난 뒤 온갖 힘든 일을 다 도맡아 주어서 잠시 내가 아기가 된 듯한 기분이었다. 이제는 나 스스로 많은 일을 해야 했다. 혼자서도 잘할 수 있을까?

엄마는 소총과 칼을 챙기고 나한테는 권총을 건넸다. 총을 쏘다 개머리판에 이마를 짓찧은 일이 떠올랐다. 제대로 쥐는 법도 모르는 무기를 들고 내가 무얼 할 수 있을까? 마음이 조금 쓰라렸지만, 아무 말도 하지 않았다. 눈물을 왈칵 쏟을까 봐 겁이 나서였다.

엄마를 따라가겠다는 마루키를 뜯어말리느라 한참 동안 실랑이를 했다. 마루키가 잠시 한눈을 판 사이, 엄마가 살짝 빠져나갔다.

　"오빠, 개들 데리고 산책 다녀올게."

　"한 번에 둘씩 데려가."

　오빠는 바닥에 누운 채 멀쩡한 팔뚝을 눈에 대고 말했다. 많이 아파 보였다.

　나는 마루키와 울프에게 목줄을 채워 텐트 밖으로 데리고 나왔다.

　마루키가 앞장서서 총총거리며 걸었다. 코를 씰룩거리며 꼬리를 뻣뻣하게 세우고 저녁 어스름 속을 주의 깊게 살폈다. 그 모습이 마치 무언가가 불현듯 우리를 덮치지는 않을지 잔뜩 경계하는 모습이었다. 아니, 어쩌면 엄마가 지나간 흔적을 찾는지도 모른다.

　울프는 내 다리에 바싹 따라붙었다. 불안하고 초조한 듯, 고개를 푹 숙이고 혓바닥으로 입술을 핥으며 이리저리 주변을 두리번거렸다. 그러다 갑자기 나무둥치에 오줌을 누려고 해서 우리는 잠깐 걸음을 멈추었다.

　도랑을 따라 걷던 마루키가 무엇을 보았는지 으르렁거리며 멈춰 섰다. 그 바람에 울프가 내 다리에 부딪혔다. 어둠 속에서 작은 들짐승 하나가 우리 쪽을 바라보았다. 언뜻 보아 쥐처럼 생겼는데, 도랑 바닥을 차고 재빨리 도망치는 순간 끝이 하얀 꼬리가 휙 사라졌다.

마루키는 그 들짐승이 달아난 쪽으로 우리를 이끌었다. 미친 듯이 코를 킁킁대며 따라가더니 이내 구멍에다 코를 박았다. 들짐승이 도망치기 전에 서 있던 자리를 보니, 도랑 바닥에 발톱 자국이 파여 있었다. 흙 빛깔도 주변보다 눈에 띄게 짙었다.

진흙이었다! 진흙이 있는 곳에는 물이 있기 마련이다!

나는 도랑 밑바닥의 흙을 파내 보았다. 아니나 다를까, 손끝에 닿는 진흙의 촉감이 부드러웠다. 그대로 무릎을 꿇고 앉아 계속 흙을 파냈다. 마루키가 행여 쥐를 찾았는지 몹시 궁금해하는 표정으로 가까이 다가왔다. 혀로 흙을 살짝 핥아 보고는 같이 땅을 파기 시작했다.

"잘한다, 마루키!"

도구가 없으면 사람의 손은 아무짝에도 쓸모가 없다. 하지만 마루키의 발은 땅을 파는 데 선수였다. 마루키가 내 짧은 손톱을 보면 무슨 생각을 할까?

이 주변은 겨우내 얼었던 개울처럼 보였다. 물이 있으니까 쥐처럼 생긴 그 동물이 여기다 집을 지었을 테지. 지금은 물이 다 말라 맨땅이 드러나고 말라비틀어진 갈색 부들과 아주 작은 초록색 이파리만 고개를 내밀고 있었다.

흙을 파낸 자리에 곧 물이 고이기 시작했다. 진흙 구멍 가장자리와 바닥에 조금씩 물이 차오르자, 울프가 머리를 박고 냉큼 핥아 먹었다. 마치 우리가 자기를 위해 준비한 물이라는 듯이. 나랑 마루키는 나무라지도 으르렁대지도 않았다. 울프한테는 보살핌이 필요하니까.

마루키도 물을 홀짝였다. 나는 계속 땅을 파고 긁느라 손톱이 아팠다. 막대기를 찾아 땅바닥이 부드러워지도록 후벼 판 다음, 다시 손으로 땅을 팠다. 개들은 파낸 진흙을 발로 짓뭉개면서 흙탕물을 마셨지만, 금세 질렸는지 그만두었다. 나는 계속해서 진흙을 파내 구멍 가장자리에다 쌓았다.

울프를 내 옆에 앉히고 물에 흙이 가라앉는 모습을 바라보는 동안, 마루키는 쥐구멍을 살피러 갔다. 해가 저물고 난 뒤 뜨뜻한 땅의 열기가 산들바람에 실려 왔다. 물이 맑아졌다. 나는 배를 깔고 엎드려서 구멍 속으로 머리를 넣었다. 물을 핥자 모래가 씹혔다. 흙탕물 맛은 감출 수 없었지만, 모래가 텅 빈 배를 채워 쓰린 속을 조금이나마 달래 주었다.

이제는 배부른 느낌이 뭔지 생각조차 나지 않았다. 그래도 시시때때로 머릿속에는 음식이 불쑥 떠오르곤 했다. 맛은 기억에도 희미한데, 내 두뇌는 어서 가서 아이스크림과 피자, 바나나와 망고를 찾아 먹으라고 부추겼다. 이제는 망고가 없다는 사실을 깜빡한 듯이. 마지막으로 망고를 샀을 때는 하나에 40달러였다. 우리는 한 개를 세 조각으로 나누고 씨에 붙은 살까지 남김없이 발라 먹었다. 개들이 뼈다귀를 물고 뜯는 것처럼. 나는 추억 대신 모래가 잔뜩 든 흙탕물로 배를 채웠다. 그리고 물을 담을 냄비를 가지러 텐트로 돌아갔다.

"오빠! 땅에 구멍을 팠더니 물이 나왔어!"

텐트를 열어 고개를 들이밀자 오이스터와 스퀴드가 내 얼굴을 핥았다.

"진짜?"

"응, 진짜! 마루키랑 울프 좀 봐 줘. 나는 허스키들을 데려가서 물 좀 먹이고 올게."

나는 잔뜩 신이 나서 울프를 오빠 품에 밀어 넣고는 오이스터와 스퀴드에게 목줄을 채워 데리고 나왔다. 잊지 않고 냄비도 챙겼다.

"나도 갈래."

오빠가 자리에서 몸을 일으켰다.

"오빠 여기서 쉬기로 했잖아!"

"또 잔소리!"

오빠가 투덜거렸다.

나는 냄비로 오빠 어깨를 꾹 눌러 제자리에 주저앉혔다.

"여기 있어! 내일 데려갈게. 흙탕물을 가져다줄 테니 그거나 맛봐!"

오빠는 왜 엄마 행세를 하냐는 등 한바탕 불평을 늘어놓았지만, 나는 그러든 말든 오빠 얼굴 앞에서 텐트를 닫아 버렸다.

"아! 물이 있으면 부들도 있을 거야. 몇 가닥 뽑아서 나한테 갖다줘."

"거의 다 시들어서 갈색이던데?"

"초록빛 부들만 골라서 뽑아 와."

초록빛 부들이 있긴 했다. 하지만 줄기가 너무 작고 여려서 냄비 손잡이로 조심스레 파내야 했다. 땅에 파묻혀 있던 줄기를 들어내자 새하얀 뿌리가 딸려 나왔다.

나는 먼저 부들 뿌리만 챙겨서 텐트로 돌아가려고 했다. 그런데 오이스터와 스퀴드, 두 녀석은 카트를 끌지 않고 하루를 그냥 흘려 보내기가 아까웠던 걸까? 얌전히 돌아가려 하지 않고 춤이라도 추듯 껑충껑충 뛰어올랐다. 나는 계속 딴 길로 새려는 두 녀석을 이끌고 겨우겨우 텐트로 돌아갔다.

"이거야?"

나는 오빠에게 물었다.

"응!"

오빠는 부들 몇 가닥을 집어 무릎 사이에 끼우고 한 손으로 껍질을 벗겨 냈다.

"이거 씹다가 실처럼 변하면 뱉어."

오빠는 부들 줄기를 입에 넣고 씹기 시작했다. 음, 하는 소리를 대더니 줄기 하나를 나한테 내밀었다.

나도 줄기를 입에 넣고 씹어 보았다. 처음에는 아무 맛도 나지 않았는데, 계속 씹고 있으니 하얀 뿌리가 부드러워지면서 즙이 흘러나오고 고소한 향까지 났다. 다시 텐트를 나서는 길에도 나는 부들을 씹고 또 씹었다.

나는 허스키 두 마리와 함께 물구멍으로 돌아가 냄비에 깨끗한 물을 담았다. 개들이 물을 마시면서 구멍에 진흙을 밀어 넣기 전에 재빨리 냄비에 담아야 했다.

"옳지. 우리 꼬맹이들, 착하다."

사실 둘은 그닥 어리지 않았지만 마루키만큼 덩치가 크지도 않았다.

"베어랑 마루키처럼 카트를 끌기가 쉽진 않지? 그래도 지금까지 참 잘했어."

나는 둘을 한 번씩 안아 주었다. 우리 꼬맹이들은 뭉쳐야 한다는 뜻에서!

그때였다. 먼 곳에서 우우우, 하고 하울링 하는 소리가 들리더니 베어가 어둠을 뚫고 쏜살같이 달려왔다. 그 바람에 나는 심장이 쿵, 하고 내려앉을 뻔했다. 베어가 혀를 쭉 내밀고 숨을 헐떡이더니 오이스터와 스퀴드처럼 물구멍에 고개를 들이박았다.

곧이어 엄마가 나타났다. 나는 냄비와 씹고 있던 부들을 내팽개치고 한달음에 엄마에게 달려갔다.

엄마는 빈 병을 흔들었다.

"아무리 둘러봐도 땅이 바싹 말랐어."

"괜찮아요. 제가 샘을 팠어요. 땅을 파니까 물이 나오더라고요. 바로 저기예요!"

"어머, 엘라. 대단하구나!"

엄마는 어깨에 메고 있던 것을 슬며시 땅에 내려놓았다. 고아나 도마뱀이었다. 엄마는 발끝으로 거대한 왕도마뱀의 몸을 톡톡 건드렸다.

"닭고기 맛이 날걸. 아마도?"

나는 웃으며 엄마를 샘으로 데려갔다. 엄마는 냄비에 담긴 물을 반쯤 마셨다. 나머지 반은 오빠에게 가져갔다.

엄마는 둑 안쪽에 구멍을 파서 작게 불을 피우고 도마뱀 다리와 꼬리를 구웠다. 나뭇가지와 낡은 티셔츠로 가림막을 만들어 혹시라도 불빛이 새어 나가지 않게 막았다. 나머지 도마뱀 고기는 곧장 개들 몫이 되었다.

모닥불 주위에 함께 옹송그리고 앉아 고기를 뜯어 먹으니 행복한 기분이 차올랐다. 울퉁불퉁한 꼬리뼈에 붙은 살까지 야금야금 발라 먹은 다음, 엄마에게도 부들 뿌리를 보여 주었다.

엄마는 식사를 마치고 잇새에 낀 고기를 빼내며 말했다.

"다음에는 물을 어디에서 찾을 수 있으려나? 아무래도 여기에서 하루 더 머물러야겠어. 아빠가 따라올 때까지."

엄마 얼굴에 언뜻 그늘이 드리우는 듯했다.

"원래 계획은 뭐였어요?"

"내가 먼저 나온 다음에 아빠도 빠져나오기로 했어. 네 아빠는 아마 뭔가 탈것을 구할 수 있는 상황이 아닐 거야. 그러니까 아직 거기 잡혀 있거나 걸어서 나왔든가, 둘 중 하나겠지. 아무튼 놈들로부터 그리 멀리 도망치진 못했을 거야."

"아빠가 밤에 우릴 찾아오지 않을까요?"

"그럴 수도 있지."

"마루키가 알 거야. 마루키는 늘 잘 알아차리니까."

오빠가 툭 내뱉었다.

"오빠 말이 맞아. 마루키가 알아챌 거예요."

"지금쯤이면 오토바이 충전이 끝났을 텐데, 아줌마가 아빠를 찾으러 가 보는 건 어때요?"

오빠가 말했다.

"안 돼!"

나도 모르게 소리쳤다.

오빠가 얼굴을 찡그리며 나를 쳐다보았다.

내 말은 아빠를 구하러 가지 말라는 게 아니었다. 나는 다만, 엄마가 물을 찾으러 나간 잠깐의 시간조차 끔찍했을 뿐이다.

오빠네 엄마도 아니면서. 우리 엄마라고. 아주 오랜만에 겨우 만났다고! 나는 목구멍까지 차오른 말을 꿀꺽 집어삼켰다.

"내 말은, 그러니까……."

나는 어떻게 말해야 내 뜻을 잘 전달할 수 있을지 곰곰이 생각했다.

"여기는 안전하잖아요. 물도 있고. 오빠도 쉬어야 해요. 그래도 엄마가 가야겠다면, 딱 하루만 아빠를 찾아보고 와요. 그럼 괜찮을 거예요. 그래도 난 여기에 다 같이 있으면 좋겠어요."

서툰 사냥꾼

서서히 동이 텄다. 엄마는 권총과 소총을 살펴보더니 소총을 카트에 실었다.

"소총에는 총알이 두 발 남았어. 권총에는 세 발 남아 있으니 일단 내가 가져갈게."

나는 고개를 끄덕였다. 눈꺼풀을 깜빡이며 눈물을 감추었다. 목이 자꾸 메어 왔다. 나는 침을 꿀꺽 삼키며 엄마가 생각을 바꿀 거라는 기대도 자꾸자꾸 삼켰다. 엄마랑 떨어지기 싫어하는 어린애처럼 굴다니. 이제 오빠랑 개들을 돌보던 나로 돌아가야 하는데.

엄마가 내 눈물을 보았다.

"엘라, 저런! 지금까지 네가 모두를 잘 보살폈잖아. 물도 찾아

냈고. 이제 얼마 남지 않았어. 머지않아 우리 식구 모두 함께 모일 날이 올 거야."

나는 고개를 끄덕였다.

"네, 우리는 가족이니까, 서로 도와야 하니까. 엄마는 가서 아빠를 구해 주세요. 전 오빠랑 개들을 돌볼게요."

엄마는 한참 동안 나를 꼭 안아 주었다. 가지 말까, 고민하는 것 같기도 했다.

"누군가가 너흴 또 해꼬지하는 건 아닐지. 그런 생각을 하면 한시도 떨어질 수가 없는데."

엄마는 내가 그걸 걱정한다고 생각했나 보다. 하지만 그게 아니다. 나는 엄마를 잃을까 봐 두려웠다.

"이틀 안에 엄마가 돌아오지 않으면, 오빠랑 같이 크리스마스 아줌마네 집으로 가. 무슨 일이 생기든 간에 무조건 출발해. 우리가 뒤따라갈게. 약속해!"

그런 이야기를 들으니까 정말로 나쁜 일이 일어나나 싶어 더욱더 엄마와 떨어지기가 싫었다.

"약속할게요."

엄마는 오빠도 안아 주며 같은 약속을 받아 냈다. 그렇게 엄마는 손을 흔들며 떠났다. 8개월하고 24일이나 떨어져 있다가 겨우 만났는데, 고작 2일 만에 또다시 헤어졌다. 나는 달려가는 엄마의 뒷모습을 향해 소리쳤다.

"우리를 꼭 따라와요! 아빠 구하고 나서 우리도 꼭 찾아와요! 엄마, 사랑해요!"

"괜찮을 거야, 엘라. 다 잘될 거야. 재키 아줌마는 진짜 똑똑한 사람이잖아."

오빠가 나를 다독였다. 이제껏 오빠는 늘 자신에게 다른 엄마는 필요 없다고 말했다. 엄마가 오빠한테 무슨 일을 하라고 부탁할 때마다 아빠는 이렇게 잔소리를 해야 했다.

"시키는 대로 해."

오빠는 도시에 살라고 보내져서 늘 화가 나 있었는지도 모르겠다. 이제는 아빠를 구할 사람이 엄마밖에 없다. 우리는 모두 뿔뿔이 흩어졌다. 오빠는 여전히 자기 엄마와 할아버지, 할머니를 걱정했다. 우리가 안전하고 행복하게 지내려면 누가 누구의 엄마든 그런 건 중요하지 않을 텐데.

오빠가 휴식을 취하는 동안 나도 잠깐 쉬었다. 개들을 산책시키러 나가면서 물도 먹이고 오겠다고 오빠한테 말했지만, 실은 저 지평선 너머로 엄마가 아빠랑 같이 돌아오는지, 아니면 다른 누군가가 오는지 살피려고 했다. 붉은 땅은 화성처럼 메마르고 쓸쓸했다.

오후 늦게부터 바람이 불기 시작했다. 흙먼지가 소용돌이치며 살갗에 달라붙었다. 머리카락에도 먼지가 두껍게 내려앉았다. 깨끗하게 씻고 나서 상쾌한 기분을 누렸던 게 언제 적 일인지 이젠 기억조차 나지 않았다.

나는 쥐를 잡아 저녁밥으로 삼으려고 한동안 개들과 함께 구멍을 파는 데 몰두했다. 하지만 땅이 너무 단단해서 결국 포기했다. 대신 나 나름의 결론을 내 버렸다. 쥐는 그토록 땅을 잘 파니까 서툰 사냥꾼에게 잡히지 않고 살아남을 수 있었다고. 나는 쥐에게 '하얀 쥐꼬리 씨'라는 이름 지어 주고는 행운을 빌었다. 우리가 샘을 파 주었으니 하얀 쥐꼬리 씨는 분명 고마워하겠지. 어쩌면 너무 기뻐서 우리가 잠든 사이에 몰래 나와 우리가 마실 물 속에서 맘껏 헤엄치며 놀지도 모르겠다.

해가 지자 하늘도 땅처럼 붉게 물들었다. 시커먼 구름이 위로 치솟듯 피어오르며 하늘을 갈랐다. 먹구름은 빗방울 하나 떨어뜨리지 않고 점점 빠른 속도로 다가왔다.

밤새도록 텐트가 바람에 펄럭였다. 나는 잠을 잘 수가 없었다. 마루키도 뜬눈으로 앉아서 신경을 곤두세웠고, 다른 개들도 하나둘 깨어나 꿈지럭댔다. 나는 자리에 누운 채 바람 소리에 귀를 기울였다. 엄마와 아빠가 탄 전기 오토바이 소리가 들리길 바라면서.

날이 밝아도 바람은 계속 불었다. 해가 높이 떠오를수록 바람은 더욱 건조하고 뜨거워졌다. 물을 뜨러 샘에 나갈 수도 없었다. 먹을 거라곤 말라비틀어진 부들뿐인데, 이제는 맛이 아주 고

약했다. 텐트 밖으로 나가 지평선을 바라볼 때면 눈으로 흙이 파고들어 몹시 따가웠다.

"기다리는 게 제일 싫어!"

나는 볼멘소리를 하며 오빠 옆에 털썩 주저앉았다. 먼지 폭풍을 피하느라 우리는 텐트 안에 갇혀 있었다. 너무 덥고, 배고프고, 짜증이 났다.

"재키 아줌마가 피자를 가져오려나?"

오빠 말에 나는 웃음을 터뜨렸다.

"오빠 엄청 바보 같아!"

나는 팔꿈치로 오빠의 멀쩡한 팔을 쿡 찔렀다.

"오빠네 가족이랑 시골집 이야기 해 봐."

"음, 우리 엄마는 여장부처럼 씩씩한 사람이야. 엄마랑 할머니는 늘 일찍 집을 나서서 종일 헛간이나 동굴에서 버섯을 돌보았지. 아니면 재배가 끝난 버섯을 배달하거나. 그래서 엄마는 항상 내가 하루 동안 해야 할 일을 적어 두곤 했어. 저녁에 돌아왔을 때 숙제를 다 못해 놓으면 혼쭐이 났지."

"진짜? 할 일이 뭔데?"

"그냥 시시한 일들. 설거지하기, 빨래 널기, 제시간에 학교 버스 타기, 뭐 이런 거. 하지만 엄마하고 할머니는 종일 나가 있는 동안 내가 할아버지랑 무얼 했는지 전혀 몰랐지."

"뭘 했는데?"

"할아버지는 옛날 방식으로 곡식을 키우고 저장하는 법을 다시 익히는 중이었어."

나는 내가 생각했던 대답이 아니라 웃음이 나왔다.

"다시 익힌다는 게 무슨 뜻이야?"

"할아버지는 시드니에서 자랐어. 시골과는 먼 도시에서 가족이랑 떨어져 살았는데, 원래는 농부가 아니라 용접공이었대. 땅에 대해서 아무것도 몰랐던 거야. 하지만 할머니를 만나 인생이 바뀌었지. 그때 할머니는 직업을 갖고 있었고, 직접 모은 돈으로 집을 사고 싶어 했대. 두 분은 결혼을 했고, 할아버지는 할머니한테 여기 땅을 사자고 했지. 고향이니까. 거기다 오래된 금광이 있다는 걸 알게 되었거든. 할아버지는 금을 캐고 싶었대. 할머니 말로는 정말 금광이 있긴 하대. 할머니가 키운 맛있는 버섯이 금이라는 거지."

"할머니가 현명하네."

내가 웃자 오빠도 미소를 지었다.

"응, 할머니의 증조할아버지는 호주로 건너온 첫 이민자였는데, 아프가니스탄에서 낙타를 키웠대. 그래서 할머니는 자기한테 낙타 목부의 피가 흐른다고 말하곤 해. 누가 할머니한테 거짓말을 하면 냄새로 바로 알아차린다나. 그럴 때는 이렇게 코를 가리키면서, '너한테 낙타 똥 냄새가 난다.'고 하지. 엘라, 우리 할머니한테는 절대 거짓말하지 마. 너한테 좋을 거 하나도 없어."

"아악, 절대로 안 할 거야!"

나는 오빠네 할머니가 벌써부터 무서워졌다.

"어쨌든 할아버지 말로는 그래. 이 땅에 외국인이 들어오기 전에는 곡식이 가득했대. 우리 조상들이 커다란 돌칼로 곡식을 재배하고 갈아서 빵을 만들었대. 이집트인보다도 훨씬 더 먼저. 그래서 할아버지는 옛 곡물을 찾아 여행을 다녔어. 그렇게 찾아낸 곡식을 어떻게 저장해야 하는지 사람들에게 알려 주고, 또 앞으로 키울 씨앗도 저장해 왔지."

"진짜? 그 씨앗들이 아직 남아 있어? 아니면 그것도 붉은곰팡이 때문에 다 죽었을까?"

"모르겠어. 할아버지랑 나는 실험을 했어. 전통적인 방식으로 찰흙을 빚어 만든 씨앗 저장고가 효과가 있는지 알아보는 실험이었지. 제대로 해냈을 때가 붉은곰팡이가 습격한 그해 여름 막바지였어. 그 뒤로 녹색 작물은 다 죽고, 도시에서는 봉쇄 소식이 들려왔어. 할아버지는 건강이 안 좋았지만, 구할 수 있는 씨앗을 전부 구해다 저장했지. 아직도 할아버지가 그 일을 하고 있는지는 잘 모르겠어."

"오빠가 만든 찰흙 더미 안에 있는 씨앗은 무사할 것 같아. 아직 남아 있겠지?"

나는 크리스마스 아줌마네 집에서 갓 구운 빵이 우리를 기다리고 있기를 바랐다. 이제는 빵의 맛이 어떤지 기억도 나지 않지만, 나도 모르게 군침이 흐르고 배에서 꼬르륵 소리가 났다.

"한번은 내가 장난삼아 저장고를 개밋둑 모양으로 만들었는데, 할아버지가 전부 다 개밋둑 모양으로 만들자고 했어. 하긴, 어떤 바보가 개밋둑을 훔쳐 가겠어?"

"할아버지가 아무한테도 말하지 않았다면 아직 그대로 있겠다. 사람들은 그냥 개밋둑이로구나, 하고 생각할 테니까!"

바람 소리가 너무 커서 나는 큰 소리로 말했다. 한층 거세진 바람이 텐트를 세차게 펄럭였다.

"그래서 시골집으로 돌아가려고 했던 거야. 풀이 다 죽었을 때 떠났어야 해. 도시가 봉쇄되고 식량이 다 떨어지기 전에 말이야."

만약 그랬다면, 오빠는 다치지 않았을 텐데. 우리가 몇 날 며칠 배를 곯으며 개 썰매로 달리지 않아도 되었을 텐데. 만약 그랬다면 나는 엄마와 더 일찍 떨어져 지내야 했을지도 모르겠다.

"오빠 말이 맞아. 하지만 우리는 엄마가 돌아오지 못할 줄은 꿈에도 몰랐어."

나는 눈물이 왈칵 쏟아졌다. 그동안 우리한테 닥친 일들이 전부 떠올랐다. 그렇게 오랫동안 엄마를 기다리고 나서야 이제 겨우 깨달았다. 왜 오빠가 집에 가지 못해 화가 났는지.

"오빠는 몹시 화를 냈지. 나도 한밤중에 잠이 깨어 그 얘기를 들었어. 우리는 떠나야 한다고 오빠가 아빠한테 그랬잖아. 하지만 그럴 수 없었어. 엄마 때문에……"

"쉬이, 엘라. 우린 가족이잖아. 그 누구도 그냥 두고 갈 순 없어. 그때 그렇게 말해서 미안해."

"진짜로?"

나는 코를 훌쩍였다. 오빠가 살짝 미소를 지었다.

"응, 지금은 네가 날 보살펴야 한다는 게 화날 뿐이야. 재키 아줌마 혼자 아빠를 구하러 갈 수밖에 없다는 사실에도 화가 나고. 나는 영웅이 되고 싶었거든."

나는 눈물을 닦고 오빠의 가슴에 머리를 기댔다. 심장 박동을 듣고 싶었지만, 텐트 벽이 세차게 퍼덕거려서 잘 들리지 않았다.

"오빠는 이미 영웅이 할 일을 다 했는걸. 나누는 법을 좀 배워야겠어."

머리 위로 바람이 사납게 울부짖었다. 개들이 모두 일어나 앉았다. 나도 몸을 일으켰다. 우리는 모두 텐트 지붕을 바라보며 바람 소리에 귀를 기울였다. 문을 열어 밖을 보고 싶었지만, 하늘이 울부짖는 소리가 무서웠다. 우리를 순식간에 빨아들일 기세였다.

나는 텐트 지붕 가운데에 있는 고리를 아래로 잡아당겼다. 개들은 무언가 두렵고 불만스러운 듯 하늘을 향해 늑대처럼 울부짖었다. 텐트 지붕이 낮게 내려오자 개들은 바닥에 배를 깔고 엎드렸다. 지붕 고리를 붙잡은 손이 쓸려서 불에 덴 듯 화끈거렸다. 텐트를 덮어 놨던 나뭇가지들이 지붕을 긁고 날아가 멀리 곤두박질치는 소리가 들렸다. 오빠는 멀쩡한 팔을 뻗어 나와 함께 고리를 잡았다.

바람은 성난 괴물처럼 울부짖었다. 개들은 겁에 질려 발톱으로 바닥을 긁으며 숨을 곳을 찾았다. 바람이 통하는 틈새로 먼지가 들이쳤다. 우리는 자지러질 듯 기침을 콜록거렸다. 먼지가 파고든 눈은 제대로 뜰 수조차 없었다.

"그만! 앉아!"

밖으로 나가려고 안달이 난 개들에게 오빠가 사납게 소리쳤다. 다섯 마리 개는 슬며시 몸을 낮추었다. 울프는 마루키의 배 밑이 안전해 보였는지 자꾸 그 속으로 파고들었다.

연처럼 하늘로 날아오르려는 텐트를 말뚝 몇 개와 우리들의 몸무게로 겨우 지탱했다. 모두 비쩍 말라서 그리 무게가 나가지는 않겠지만.

손에 쥐고 있던 고리가 휙 튀어 오르더니 결국 텐트에서 떨어져 나갔다. 한쪽으로 기운 텐트의 폴대 하나가 내 어깨를 내리쳤다. 너무 아팠다. 이윽고 폴대가 뚝 소리와 함께 부러지더니 우리 머리로 파편이 튀었다. 오빠와 나는 몸을 수그리고 팔을 뻗어 개들을 감싸 안았다. 부러진 나뭇가지들이 웅크린 등을 할퀴고 날아갔다.

"오빠, 괜찮아?"

"응!"

오빠는 웅크린 채 마루키의 머리를 부여안았다. 마루키가 조용하면 다른 개들도 침착해지리라 생각한 모양이었다.

쪼그리고 앉은 채 한참을 버텼다. 왜 바람까지 작정을 한 듯 우리한테 달려드는지 모르겠다. 등이 점점 무거워졌다. 텐트에 쌓인 흙먼지의 무게가 우리를 짓눌렀다. 텐트는 납작하게 눌려 황량한 벌판처럼 평평해졌다. 그래도 바람은 수그러들지 않았다.

"괜찮아, 괜찮아."

나는 소리치고 숨을 쉬고 기침을 했다.

나는 자리에서 일어섰다가 광풍에 짓눌려 개들한테로 쓰러졌다. 텐트가 찢어졌다! 머리카락이 바람에 휘날렸다. 한 손으로는 울프를 끌어안고, 다른 손으로는 오빠 다리를 꽉 잡았다. 먼지가 들어갈까 봐 눈을 질끈 감고 울프의 털 속으로 얼굴을 파묻었다. 침낭이 내 다리 사이로 미끄러지더니 어딘가로 휙 날아갔다. 목이 따갑고 손이 화끈거렸다.

다른 개들은 바람에 휩쓸려 어딘가로 사라졌다. 울프와 오빠를 잡은 손을 놓을 수 없었다. 개들을 찾아보려고 간신히 눈을 뜨니, 너덜너덜해져서 바람에 휘날리는 텐트만 보였다. 모래바람에 후려 맞고선 다시 눈을 감고 말았다.

모래 폭풍이 땅을 가로지르며 사라져 갔다. 흙이 빗방울처럼 후두둑 떨어졌다. 우리는 한 번 더 살아남았다.

나는 오빠의 다리를 잡고 있던 손으로 눈꺼풀을 털었다. 머리에서도 우수수 모래가 쏟아졌다. 오빠가 자리에서 몸을 일으켜 앉았다. 울프는 재채기를 하며 벌떡 일어나서 몸을 좌우로 흔들었다. 사방으로 모래가 튀었다. 어디론가 사라졌던 나머지 개들도 다시 우리 곁으로 돌아왔다.

우리는 찢기고 무너진 텐트 밖으로 기어 나왔다. 개들은 두려움을 지우려는 듯 사방으로 뛰어다니며 닥치는 대로 코를 들이대고 킁킁거렸다. 아직도 공중에는 먼지가 자욱해서 재채기가 났다.

나는 오빠를 부축해서 일어서게 도왔다. 오빠는 안개처럼 우리를 휩싼 흙먼지를 바라보며 말했다.

"가야겠어."

그러더니 덤불 속에 숨겨 둔 머싱 카트를 한쪽 팔로 바로 세워 끌고 왔다.

"뭐라고?"

"오늘 밤에는 떠나자고 말하려고 했어. 그런데 봐. 흙먼지가 위장막이 되어 줄 거야. 떠나려면 지금이야. 아무도 우리를 볼 수 없을 때."

"하지만 엄마가 내일까지 기다리랬잖아?"

"먹을 게 없어. 물병은 날아가고 텐트는 망가졌어. 갈 수 있을 때 가자."

찢어진 텐트 바닥에는 오빠의 침낭과 소총, 그리고 개들의 하네스뿐이었다. 오빠가 깔고 누웠던 자리였다. 오빠가 그 짐들을 지켜 낸 셈이었다. 난 아무것도 지키지 못했는데. 내 후드 티도, 침낭도, 냄비도, 물병조차도.

바람이 휩쓸고 간 자리를 뒤지고 다니면서 무엇 하나라도 건질 수 있을까, 하며 살펴보았지만 아무것도 남아 있지 않았다.

"엘라, 다시 야영지를 꾸려도 되고 여길 떠날 수도 있어. 어떡할래?"

오빠가 등 뒤에서 말했다. 어른처럼 명령하려는 게 아니라 내 의견을 듣고 싶다는 투였다.

우리가 여기서 버틴다면 얼마나 오래갈지 감이 잡히지 않았다. 우리 일곱 식구가 먹을 것도 없이, 숨을 곳도 없이 엄마랑 아빠를 기다릴 수 있을까? 나는 휘청거리며 둑을 향해 걸었다.

"일단 내가 샘을 파 볼게. 물부터 마시고 생각해 보자."

한바탕 먼지가 휩쓸고 가서 샘을 찾기가 힘들었다. 나는 뒤따라온 마루키에게 땅 냄새를 맡게 했다. 마침내 마루키가 샘이 있던 자리를 찾아 땅을 파기 시작했다. 샘은 조금 무너져서 갈색 흙에 덮여 있었다.

우리는 모두 샘물을 마셨다. 나와 오빠는 배를 깔고 엎드려서 오목하게 오므린 손으로 물을 떠 마셨다. 나는 앞으로 닥칠 일들이 걱정스러워 물을 충분히 마실 수 없었다. 나는 샘물 구멍 한가운데에 텐트 폴대를 박아 세웠다. 엄마가 돌아오면 우리의 흔적을 찾아볼 수 있도록.

개들에게 하네스를 씌워 갱라인에 연결했다. 침낭을 둘둘 말아 소총과 함께 카트에 실었다. 핸들 손잡이에 달린 주머니에는 아직도 칼과 전등, 그리고 그 밖에 다른 물건이 들어 있었다. 하지만 그게 전부였다. 지도마저 온데간데없이 사라졌다.

"지도가 없는데 어떻게 가지?"

오빠는 미간을 찡그리며 멀리 바라보았다.

"여기부터는 대충 길을 알아."

오빠는 카트에 앉아 바구니에 발을 올렸다. 나는 카트를 밀며 소리쳤다.

"마루키, 준비! 이제 출발!"

개들이 날뛰며 발을 구르자 카트가 움직였다. 이제부터 다시 시작이다.

해가 질 무렵, 오빠의 얼굴이 고통으로 일그러졌다. 오빠는 눈을 가늘게 뜬 채 주변을 둘러보다가 나에게 비포장도로가 보이는지, 또 개울가에 나란히 늘어선 나무가 보이는지 물었다. 오빠 말대로였다. 내가 그렇다고 하자 오빠는 마루키에게 오른쪽으로 돌라는 신호를 보냈다.

"오른쪽으로, 마루키! 오른쪽!"

오빠가 이를 악물고 외쳤다. 그러다 결국 울음을 터뜨렸다.

"엘라, 카트가 너무 흔들려서 못 참겠어. 제발 어디서 좀 쉬자. 아빠를 데려와 줘."

"워! 워!"

나는 당장 카트를 세웠다.

"오빠를 두고 갈 순 없어. 버섯 동굴로 가는 길은 오빠밖에 모르잖아. 엄마 말대로 우린 계속 가야 해."

오빠는 무작정 카트에서 기어 내려가더니 땅바닥에 드러누워 끙끙 앓는 소리를 냈다. 나는 개들을 모두 자리에 앉혔다. 더위에 약해서 오후에는 달리지 않는 편이 좋을 텐데. 개들도 많이 힘들어 보였다.

"오빠, 일어나. 조금만 더 가자. 조금만 더 가서 자자. 한 번에 하나씩 하자."

나는 오빠를 부축해 일으켜 세웠다. 오빠는 지친 몸을 이끌고 카트로 돌아갔다.

"얘들아! 힘내자! 출발! 달려!"

나는 크게 외쳤다. 개들은 쭉 빼 내민 혀를 덜렁대며 잰걸음으로 걸었다. 평생 이 속도로 가는가 싶었다. 특히 울프가 많이 지쳐 보였다. 신나게 달리던 예전과 달리 고개를 푹 숙인 채 따라가기만 했다. 마음을 안심시켜 줄 만한 뭔가가 필요한지 베어의 가슴께에 자꾸 숨으려 들었다.

나는 울프가 카트를 끌지 않아도 괜찮다고 생각했다. 울프를 카트에 태우면 나머지 개들이 지칠 테니 이렇게 죽 달려 주기만 해도 고마웠다. 마찬가지로 오빠한테도 많은 걸 바라지 않았다. 지금처럼 잘 버텨 주다가 가끔 길만 알려 줘도 충분했다. 각자 할 수 있는 일을 하면 되니까.

따가운 모래바람이 얼굴을 스쳤다. 오빠는 기침을 계속하다가 몸을 일으켰다. 바람은 점점 사나워졌다. 커다란 소용돌이가 메마른 땅을 훑고 지나가자, 개들은 고개를 수그리고 재채기를 했다.

다시 모래 폭풍이 올까 봐 걱정되었다. 그래도 바람이 우리 흔적을 가려 줄 테니 나쁜 사람들한테 뒤를 밟힐 일은 없겠다.

우리는 계속해서 나아갔다. 도랑 밑으로 내려갔다가 다시 기어오르고, 오두막과 농장 건물을 지나쳤다. 나는 모래가 들어간 눈을 깜박이면서 수상한 움직임이 있는지 수시로 살펴보았다. 우리가 뒤로 내뿜은 먼지구름은 모래바람과 뒤섞여 휘몰아쳤다.

버려진 농가가 보였다. 헛간 옆 수도꼭지를 틀어 보았으나 수도는 이미 말라 있었다. 우리는 그늘에서 잠시 쉬어 가기로 했다. 이러다 누구 하나 탈수로 쓰러지지나 않을까 싶어 속이 타 들어갔다.

오빠가 카트에 주저앉아 바구니에 다리를 얹었다. 머리가 멍한지 어디로 가라는 말도 없었다. 개들은 하릴없이 땅바닥을 긁어 댔다.

그때 내 눈에 댐이 들어왔다. 꼬부랑거리는 늙은 버드나무 한 그루가 서 있고, 댐 한쪽에는 높다란 둑이 있었다. 부들과 야생 풀이 그 주변에 수두룩했다. 정말 오랜만에 보는 살아 있는 풀이 었다.

"왼쪽으로!"

개들이 카트의 방향을 틀었다.

나는 나무 아래에 카트를 세우고 내렸다. 풀숲에서 뭐가 움직였다. 칼과 나뭇가지를 집어 들고 그쪽으로 달려갔다. 뱀이었다! 덩치가 아주 컸다. 놈은 불청객이 마음에 들지 않는 눈치였다. 놀라서 펄쩍 뛰는 나를 보고 돌진했다. 한 손에는 칼을, 다른 손에는 막대기를 들고 있었지만 어떻게 해야 할지 알 수가 없었다. 이 뱀은 개들의 먹이가 될 수 있을 텐데.

마루키가 요란스레 짖어 댔다. 오빠는 마루키를 진정시키며 나를 외쳐 불렀다. 어서 돌아오라고, 뱀에게서 도망치라고. 하지만 난 뱀을 잡고 싶었다. 안 그러면 마루키가 뱀에게 다가오다 물릴지도 모르니까. 나는 사냥꾼도 아니고 그 무엇도 죽이고 싶지 않지만, 이 뱀은 그냥 돌려보내지 않겠다.

놈은 제 머리로 내리꽂히는 나뭇가지를 향해 달려들었다. 이번에는 내가 몸통을 밟으려는데 놈이 내 바짓자락을 재빨리 콱 물었다. 나는 장화를 신은 발로 뱀의 길쭉한 몸통을 힘껏 밟았다. 뱀은 자신의 몸뚱이를 짓밟은 장화를 물려고 몸을 비틀었다. 나는 나뭇가지로 뱀의 머리를 치고 칼을 내리꽂았다. 칼이 땅속까지 파고들었다. 나는 균형을 잃고 넘어졌다. 이윽고 무릎을 꿇은 채 머리에 칼이 꽂힌 뱀을 바라보았다. 뱀은 몸을 비비 꼬다 죽었다.

개들한테 먹이를 줄 수 있게 되었다! 웃음이 터져 나오는 동시에, 공포로 차올랐던 눈물이 뺨을 타고 흘렀다. 뱀을 일곱 조각으로 자르는데 손이 덜덜 떨렸다. 개들에게 고기를 한 조각씩 건네고 갱라인에서 풀어 주었다. 울프는 오빠 옆으로 데려가서 침낭 위에 앉혔다. 오빠와 울프에게도 뱀 고기를 한 조각씩 주었다. 오빠는 뱀 고기와 나를 번갈아 쳐다보더니, 이빨로 뱀 껍질을 벗겨 내고 고기를 씹었다.

"머리로 걷는 법을 배워야지."

뱀의 날고기를 먹는 게 전혀 이상하지 않다는 듯, 오빠는 그렇게 말하고 웃었다. 나는 오빠 옆에 앉으며 말했다.

"아니면 개로 변신하거나."

"멍멍!"

오빠가 개의 몸짓을 흉내 내며 뱀 고기를 물어뜯었다. 우리는 야생 동물로 변해 가는지도 모르겠다.

뱀 껍질은 뜨뜻미지근한 데다 질기고 날고기는 역겨웠다. 그런데도 텅 빈 속이 쓰려서 내 위장은 뭐든 아무거나 넣어 달라고 했다. 나는 숨을 참고 조금씩 뱀 고기를 뜯어 먹었다. 씹고 또 씹어서 곤죽이 되면 삼켰다.

개들은 벌써 뱀 고기를 다 먹어 치우고 내 주위를 어슬렁대며 더 먹을 게 없나 살폈다. 나는 뱀 껍질과 뼈를 도저히 먹을 수가 없어서 녀석들에게 나누어 주었다.

오빠와 나는 댐으로 뒤뚱거리며 들어가 물을 마셨다. 부들을 오래 씹어서 턱이 얼얼했다. 우리는 나무 밑에 드러누웠다. 나는 한쪽에 칼을, 다른 쪽에 소총을 두었다. 개들은 댐에 가서 물을 마시면서 다리에 진흙을 잔뜩 묻히더니 하나같이 몸 아랫부분만 까매져서 돌아왔다. 녀석들은 나무 아래에 있는 우리 곁으로 와서 다리를 쭉 펴고 잠들었다. 바람이 나뭇가지를 매섭게 흔들었지만, 너무 피곤해서 바로 잠이 들었다.

다음 날 일찍, 나는 마루키와 함께 댐의 둑 꼭대기로 올라가 주위를 둘러보았다. 보이는 건 먼지뿐이었다. 바람은 여전히 사납게 불었다.

카트를 꺼내 다시 달릴 준비를 하고 개들의 발바닥을 살펴보았다. 가엾은 스퀴드. 뒷발 쪽이 심하게 갈라졌다. 녀석은 혀로 상처를 계속 핥았다. 다행히 절뚝거리진 않았다. 나는 칼을 꺼내 내 티셔츠 앞자락을 잘라 스퀴드 발에 맞는 신발을 만들어 주고, 오빠 팔에서 은색 접착테이프를 조금 떼어다가 매듭을 고정시켰다. 오빠는 눈 밑이 새카맸고 입술이 다 텄다. 그래도 물로 허기만 살짝 달래고 카트에 올랐다. 아침 햇살이 대지를 비스듬하게 비출 무렵, 우리는 다시 출발했다.

오전 내내 부지런히 달렸다. 한 시간 달리다가 잠깐 쉬고, 다시 또 한 시간 달리다가 잠깐 쉬었다. 뜨거운 한낮에는 커다란 나무 그늘에서 잠을 잤다. 그러고 나서 또 달렸다. 누런 풀이 무더기로 자라난 모습을 보아도 전혀 반갑지 않았다. 핸들을 조종하기가 힘에 부쳐서 풀섶도, 가시덤불도 그대로 뚫고 지나왔다.

머리도, 팔도 너무 무거워서 들고 있기가 힘들었다. 목이 간질대며 따끔거렸다. 다리가 쑤셔서 앉기조차 힘들었다. 개들도 고개를 떨구고 종종걸음을 쳤다. 흙먼지에, 배고픔에 지친 우리는 물먹은 솜처럼 축 늘어졌다. 갈증으로 말라비틀어져서 나가떨어질 지경이었다.

마루키가 갑자기 홱 방향을 틀더니 으르렁거리며 멈춰 섰다. 나는 브레이크를 당겼다.

잎이 다 떨어진 볼품없는 나무 옆에 웬 아저씨가 서 있었다. 아저씨가 소총으로 우리를 겨누며 소리쳤다.

"어디 가느냐?"

오빠가 벌떡 일어섰다. 내가 오빠니까, 하고 나서듯이.

"집에 가는 길이에요. 여기를 거쳐 가야 해요. 얌전히 지나갈게요."

"누구네 집?"

"엄마 집이요."

"그게 누구냐?"

"상관없잖아요."

아저씨가 픽 웃음을 터뜨렸다.

"건방진 말투를 보니 틀림없구나. 너, 크리스마스 아들이지?"

오빠는 고개를 끄덕였다.

"우리 엄마를 아세요?"

"이틀 전에 봤다. 가끔 그 집에 가서 버섯과 호박을 고기와 바꿔 오지. 우린 이 땅이 주는 걸 먹어야 하거든."

아저씨는 꼬리끼리 엮은 포섬 네 마리를 들어 보였다.

"여기서 얼마나 더 걸릴까요?"

"걸어서 세 시간쯤?"

아저씨가 고개를 까딱 기울이며 셈을 하다가 덧붙였다.

"너희는 두 시간쯤 걸릴지도 모르겠다. 이 뼈다귀만 남은 개들이 달릴 수 있다면 말이지."

아저씨는 포섬 두 마리를 우리 쪽으로 내밀었다. 나는 카트에서 뛰어내린 뒤 얼른 포섬을 받아 핸들 손잡이에 걸었다.

"고맙습니다."

"그런데 너희, 어디 전쟁터에라도 나갔다 온 게냐?"

나는 내 차림새를 내려다보았다. 진흙에, 먼지에, 핏자국까지. 거기다 티셔츠 앞자락은 잘려 나갔다. 나는 고개를 끄덕이며 말했다.

"나쁜 사람들을 만났어요."

아저씨는 알 만 하다는 듯이 고개를 끄덕였다.

"쭉 가면 어두워지기 전에는 도착할 수 있겠지. 우리 편 사람들에게 너희는 그냥 보내 주라고 하마."

아저씨는 거울을 꺼내 멀리 떨어진 언덕을 향해 햇빛을 쏘아 보냈다. 그에 답하듯 언덕에서도 빛이 반짝거렸다.

나는 곧 우리 아빠도 뒤따라올 거라고 얘기해 두고 싶었다. 그러나 내가 입을 열려는 찰나, 오빠가 고개를 저으며 말을 아끼라는 신호를 보냈다.

"크리스마스한테 전해. 마이크 아저씨한테 포섬 두 마리 빚졌다고. 그럼 네 엄마가 갚아 주겠지."

아저씨가 나를 보며 윙크를 해서 나도 활짝 웃었다. 아직도 우리처럼 착한 사람이 있다니.

"고맙습니다."

나는 또 한 번 감사를 전했다.

"마루키, 출발!"

나는 점점 멀어져 가는 아저씨한테 손을 흔들었다.

"이대로 집에 가면 안 돼. 함정일지도 몰라."

오빠가 목소리를 낮추고 말했다.

"뭐?"

이제야 착한 마을에 왔다고 생각했는데. 먹을거리를 나눌 만큼 넉넉한 마을에, 오빠네 가족을 아는 사람들이 있는 마을에.

"포섬보다 개가 더 먹을 게 많지 않겠어?"

오빠가 말했다.

"에이, 설마!"

하지만 오빠 말이 맞다. 아무도 믿을 수 없다. 너무 피곤한 나머지, 나도 모르게 누군가가 도와주기를 기대했을 뿐이다.

"숨어 있기 좋은 장소가 있어. 엄마네 집 근처야."

계곡에서 불빛이 번쩍거렸다. 등줄기가 오싹했다. 여기저기에 숨어서 지켜보는 눈빛이 있었다. 우리를 그냥 보내 줄 생각은 아무도 없는 걸까. 공포가 덮쳐 왔다. 눈물이 주르르 흘렀다. 내몸에 아직도 흘러나올 수분이 남아 있다니 신기했다.

곧 날이 어두워졌다. 오빠는 카트에서 내려 마루키를 이끌고 낡은 도로 옆 도랑으로 내려갔다. 도로 밑에는 거대한 콘크리트 관이 잔뜩 쌓여 있고 그 옆으로 작은 개울이 흘렀다.

"몇 년 전에 버려진 콘크리트 관이야. 하수도를 만들려고 했던 모양인데, 결국 완성하지 못했어."

나는 개들을 풀어 주고 카트를 콘크리트 관에 밀어 넣었다. 입구에 쪼그리고 앉아서 포섬 두 마리를 잘라 개들에게 먹였다. 그러고 나서 침낭을 꺼내 콘크리트 관 속으로 들어갔다. 차갑고 딱딱한 바닥에 침낭을 펼치고 눕자, 개들도 하나둘 우리 옆으로 왔다. 녀석들의 북슬북슬한 등허리에 바싹 기대니 금방 몸이 따뜻해졌다.

머리 위로 자동차들이 지나가는 소리가 들렸다. 자갈이 달가 닥거리고 자동차 불빛에 시골길이 언뜻언뜻 보였다. 오랜만에 듣는 자동차 소리에 개들이 으르렁거렸다.

무덤의 주인

마루키가 촉촉한 코로 내 얼굴을 쿡쿡 찔렀다. 잠에서 깨어 보니 옆자리 침낭이 비어 있었다. 콘크리트 관에서 기어 나가 오빠를 찾았다. 오빠는 다친 팔을 끌어안고 주위를 바라보고 있었다. 여기가 어디인지 알겠다는 얼굴이었다. 잠을 푹 잤는지, 아니면 집에 와서 신이 났는지 왠지 기분이 좋아 보였다.

"가자. 동이 트기 전에 동굴에 가야겠어. 내가 길을 알아. 아무도 우릴 못 잡을 거야."

"그 사람들은 이제 신경 안 써도 되잖아? 이렇게 멀리까지 왔는데."

오빠는 고개를 저었다.

"열심히 한다고 해서 끝이 다 좋은 건 아니야, 엘라. 어떤 일은 그냥 잘못되기도 해."

"그건 나도 알아. 오빠는 벌써 다 까먹은 거야? 내가 계속 카트도 끌었고, 나쁜 사람들도 쫓아냈고, 뱀도 잡았다고!"

"그래, 넌 정말 머리로 잘 걸었어."

아빠가 늘 그랬듯이, 오빠가 내 짧은 머리를 손으로 슥슥 문질렀다.

나는 살짝 웃었다. 그러고는 서둘러 짐을 챙겼다. 새벽 하늘이 불투명한 유리처럼 회색빛을 띠고 있었다. 날이 밝을수록 우리는 쫓기듯 어둠 속으로 숨어야 했다.

이 부근에는 무더기로 자란 들풀이 곧잘 보였다. 누런 갈색이긴 해도 오래된 시골 마을과 더불어 살아남은 풀들이었다.

캥거루 몇 마리가 껑충거리며 언덕 위로 지나갔다. 굶주린 개들이 캥거루를 쫓아갈까 봐 오빠는 쉴 새 없이 소리쳤다.

"마루키, 왼쪽! 캥거루 사냥은 모두 무사히 도착한 다음에 하자!"

개들이 왼쪽으로 돌았다. 어젯밤에 먹인 포섬 덕에 개들은 우리 말을 잘 들었다.

언덕 두 개 사이로 내려가 물이 마른 개울을 건넜다. 주변의 나무들은 불에 탄 듯 까맸다. 나와 오빠는 카트에서 내려 걸었다. 오르막길이 나오면 내가 카트를 밀고 오빠가 핸들을 조종했다.

내리막길에서 다시 카트에 올라타려는데, 너무 지친 나머지 발판에 발을 올릴 힘도 없었다. 지금 당장 커다란 캥거루 구이를 먹으면 얼마나 좋을까, 하는 생각이 간절했다.

어느새 햇빛이 우리를 따라잡았다. 주위가 환해졌다. 노란 풀이 끝없이 펼쳐진 모습을 보니, 붉은곰팡이가 여기까지는 침범하지 못한 듯했다.

"저 아래는 머피 아저씨네 농장인데 염소를 키워. 몇 년 전에는 내가 염소몰이를 도와주었지. 지금도 하려나?"

가까이 다가가 보니 농장의 헛간과 울타리 모두 검게 그을려 있었다. 오빠는 고개를 돌려 마루키에게 말했다.

"마루키, 조금만, 왼쪽으로!"

우리는 텅 빈 농장을 빠져나왔다. 야트막한 오르막길에서 오빠는 개들을 멈춰 세웠다. 양옆에 헛간 두 채가 있는 낡고 하얀 집이 보였다. 오래된 자동차와 녹슨 양철통들이 거대한 벽처럼 집을 에워싸고, 두 줄짜리 흙길이 집 앞까지 이어졌다.

오빠는 숨을 천천히 들이쉬었다가 내쉬었다. 나는 이제부터 무엇을 어떻게 해야 할지 몰라 집만 빤히 쳐다보았다.

"저 집이 오빠네 할아버지 댁이야?"

오빠가 고개를 끄덕였다.

"엄마는 여기 있어 봤자 나한테 좋을 일은 아무것도 없을 거라고 했어. 하지만 동굴에서 버섯을 키우는 일은 즐거웠을 거야. 저기 낡고 커다란 하얀색 승합차 보이지?"

오빠는 집을 에워싼 자동차 중 한 대를 가리켰다. 붉은 먼지로 뒤덮인 차였다.

"엄마는 저 차로 마을에 버섯을 배달하곤 했어."

앞마당에는 두둑이 쌓아 올린 흙무더기가 보였다. 글씨가 적힌 커다란 쇳조각이 꽂혀 있어서 무덤처럼 보였다. 나는 차마 거기에 적힌 글씨를 들여다볼 엄두가 나지 않았다. 다행히 '크리스마스'처럼 긴 낱말은 아닌 듯했다.

이윽고 오빠의 눈길이 거기에 가 닿았다. 오빠는 차가운 돌처럼 굳어 버렸다. 세상이 다 끝나 버린 듯, 자기 눈을 믿고 싶지 않아 하는 표정이었다. 그 어떤 말로도 오빠를 위로해 줄 수 없었다. 눈에 눈물이 그렁그렁한 채, 우리는 그저 계속 가야만 했다.

나는 주위를 둘러보았다. 여기는 어느 방향에서나 쉽게 눈에 뜨일 것 같았다.

"혹시 그 사람들이 여기 와 있을까?"

"모르겠어. 동굴로 가자."

오빠는 카트에 훌쩍 올라타더니 서둘러 집 밖으로 카트를 몰았다.

"출발! 왼쪽으로!"

오빠는 그 낡은 집이 무서워진 모양이었다. 무덤의 주인이 누구인지 몰라 겁이 나서 크게 고함을 지르는 것 같았다.

덥수룩한 갈색 풀과 앙상한 덤불 사이로 구불구불한 길을 지났다. 짙은 초록색 양탄자 같은 들판이 나오고 분홍색 둑이 보였다. 마치 땅이 아래로 푹 꺼진 듯 이상야릇한 모양이었다.

"동굴이 저기에 있어? 저 둑에?"

오빠는 고개를 저었다.

"동굴은 우리 발밑에 있어. 동굴 윗부분은 땅이 메말라서 쓸모없어 보이지. 하지만 이 아래는 축축해서 버섯을 키우기 좋아. 할아버지가……."

오빠는 말을 하다 말고 침을 꼴깍 삼켰다. 오빠는 그 무덤의 주인이 할아버지라고 생각하는 걸까?

"할머니 말에 따르면, 할아버지는 젊고 철없을 때 그 집을 샀어. 오래된 금광이 숨겨져 있다는 얘기를 듣고. 처음에는 금을 찾겠다고 땅속을 이리저리 캐고 다녔는데, 금싸라기 하나 줍질 못했대. 대신에 할아버지가 캔 갱도마다 물이 배어 나오더래. 할머니는 할아버지가 판 갱도에다 통나무를 들여 거기다 표고버섯을 키웠고, 그렇게 재배한 버섯을 스완힐에 가서 팔았지. 마을 사람들한테는 헛간에서 키운 버섯이라고 말했대. 갱도를 파는 건 불법이거든. 그 오래된 금광은 아마 땅속으로 추락하지 않는 한 볼 수 없을 거야."

"안 봐도 괜찮아. 나는 땅속으로 떨어지기 싫거든."

덤불숲을 돌아 나오는데 오빠가 자꾸만 방향을 바꾸었다. 왼쪽으로! 라고 했다, 오른쪽으로! 라고 했다. 잔뜩 화가 난 사람처럼 이랬다 저랬다 하면서 안달복달하디니, 결국 내 손에서 핸들까지 빼앗았다. 할아버지가 돌아가셨다는 생각 때문에 저러나? 나는 그렇게 짐작만 할 뿐이었다. 개들은 녹초가 되어 종종걸음을 쳤다.

숲속 깊숙이 더 들어가자, 작은 콘크리트 개울이 있는 공터가 나왔다. 개울에는 매끈매끈하게 닳은 돌멩이가 가득했다.

"오래전에 광산에서 캐낸 돌일 거야."

오빠는 말을 내뱉고는 워, 하고 개들을 멈춰 세웠다.

"저기, 덤불 아래에다 카트를 숨겨 놓자. 개들한테 물도 먹이고."

오빠가 늙은 꼬부랑 나무를 가리켰다. 주위에는 풀 한 포기 없었다. 나는 갱라인을 풀고 개를 한 마리씩 콘크리트 개울로 데려가 물을 마시게 했다. 나도 물을 마셨다. 목에 낀 먼지가 씻겨 나가듯 상쾌한 기분이 들었다.

오빠는 금방이라도 쓰러질 듯 몸이 뻣뻣하게 굳어 있었다. 나는 오빠를 화나게 할까 봐 무슨 말을 꺼내기가 두려웠다. 왜 이렇게 된 걸까? 그토록 애타게 기다렸다 이제 겨우 집으로 돌아왔는데, 오빠네 할아버지가 돌아가셨을지도 모른다니.

오빠도 배를 깔고 엎드려서 물을 마셨다. 오빠가 나를 쳐다보았다. 까만 눈동자가 아침 햇빛을 받아 창백하고 멀겋게 보였다.

"여기가 우리가 찾던 곳이야, 엘라."

나는 고개만 끄덕였다. 사랑하는 사람이 더는 없는데, 우리가 찾던 장소에 도착한들 무슨 소용이 있을까?

"갱도는 어디로 들어가?"

오빠는 대답도 없이 콘크리트 냇물을 건넜다. 그 뒤를 따라 걸으니 오래도록 닳고 닳은 길 끝에 낡은 헛간이 나왔다. 안에는 테이블과 기다란 의자가 있고, 군데군데 초록색과 갈색으로 페인트칠이 되어 있었다.

"원래 하얀색이었어. 버섯을 따면 하얀 바구니에 담아 이 테이블에 올려 두었고."

"예감이 좋은데! 안 그래? 페인트를 다시 칠했다면, 아직 들키지 않은 장소라는 뜻이잖아?"

오빠는 나를 한쪽 구석으로 데려갔다. 지하로 이어진 나무 계단이 나타났다. 갱도 입구는 딸기나무에 가로막혀 있었다. 오빠는 나무토막 하나를 치우고 갱도로 내려갔다.

거대한 토끼 굴처럼 앞으로 쭉 뻗은 터널이 이어졌다. 철로에 까는 침목만큼 굵직한 나무토막이 문 위아래와 양옆을 두르고 터널 안쪽까지 이어졌다. 개들이 꾸무럭거리며 우리 뒤를 따라오면서 코를 킁킁댔다. 나는 주머니에서 라이터를 꺼내 오빠에게 주었다.

"열두 계단 아래로 더 내려가면 평평한 땅이 나올 거야. 내가 먼저 가서 누가 있는지 살펴볼게."

오빠는 내 쪽으로 손을 뻗어 소총을 챙기려 했다. 나는 고개를 저으며 오빠에게 칼을 건넸다.

"팔 하나로 총을 어떻게 쏴? 같이 가."

내가 두 손으로도 총을 쏘지 못했다는 얘기는 하지 않았다.

"괜히 발 헛디뎌서 내 등에 대고 쏘지 마."

"걱정하지 마. 총알이 딱 두 알밖에 없거든? 오빠한테 낭비 안 해."

오빠는 혀를 쏙 내밀었다. 그러고 나서 손가락을 입술에 대고 쉿, 하더니 발을 내디뎠다. 나는 오빠 뒤를 따라갔다. 마루키가 뒤에 바싹 붙어 오다 내 엉덩이에 머리를 콩 부딪혔다. 지하 공기는 차갑고 퀴퀴한 곰팡내가 났다.

"아무도 없어."

캄캄한 어둠 속에서 오빠가 라이터를 켜고 기다란 동굴 속을 비추었다.

순간 내 눈에 놀라운 광경이 들어왔다. 표면이 거친 통나무에 하얀 갓을 쓰고 자루가 길쭉한 버섯이 자라고 있었다. 작고 둥근 갓이 울룩불룩 고개를 내밀고 빽빽하게 줄지은 모습은 마치 떼를 지어 맴도는 우주 비행선 같았다. '이것이 진짜 지구인의 식량이라고?' 묻듯이. 나는 버섯을 따서 입에 넣었다. 빽빽한 식감에 씹을 때마다 끽끽 소리가 났지만 그래도 제대로 된 음식이었다.

"표고버섯이야. 싱싱하게 자란 걸 보니 누가 돌보고 있나 봐."

오빠가 말했다.

마루키도 베어도 버섯 냄새를 맡았다. 다른 개들도 뒤따라왔다. 나는 버섯을 하나 똑 따서 마루키에게 주었다. 마루키는 배가 고팠을 텐데도 씹다가 전부 뱉어 버렸다. 영 입맛에 맞지 않는 모양이었다.

나는 버섯을 더 따서 베어와 오이스터, 스퀴드에게 하나씩 던져 주었다. 어둠 속에 혼자 남기는 싫었던지 마지못해 슬금슬금 다가온 울프에게도 하나 건넸다. 나는 울프에게 말했다.

"어서 와, 울프! 나중에 맛있는 캥거루 고기 줄게."

스퀴드는 버섯 맛을 더 보려는 듯이 통나무에 솟아난 버섯을 물어뜯었다. 녀석이 몇 번 씹다 뱉어 버린 버섯이 축축한 동굴 바닥에 나뒹굴었다. 스퀴드는 그걸 또 입에 주워 넣었다. 제 입맛에 맞는지 아닌지 혼란스러워하는 것 같았다. 바보 같았다.

오빠가 앗, 하고 소리를 지르더니 라이터 불을 껐다.

"왜 그래?"

나는 칠흑 같은 어둠 속에서 오빠에게 물었다.

"얼른 침낭 가져와. 숨어서 누가 내려오는지 지켜보자. 표고버섯은 습도가 높은 아시아의 숲속에서 자라는 품종이라 누가 계속 물을 뿌려 줘야 하거든."

나는 밖으로 뛰어가 카트에서 침낭을 가져왔다. 오빠는 우리를 데리고 가느다란 물길을 따라 굴속 깊이 들어갔다. 그렇게 걷기를 계속한 끝에 빛줄기를 만났다. 그 빛은 바위 틈새에서 새어 나왔다.

"이 동굴은 아주 오랜 세월 지하수가 스며들면서 그 힘에 바위가 갈라져서 생긴 거야."

오빠가 바위틈으로 비집고 들어갔다. 사람들이 숱하게 드나들었는지 바위가 매끈매끈했다. 마루키는 나와 동시에 바위틈으로 몸을 들이밀었다. 빛의 정체가 궁금해서 참을 수 없었나 보다. 나는 한 손으로는 겨우 마루키를 막고 다른 손으로 침낭을 질질 끌며 바위틈으로 들어갔다.

그곳에는 연분홍색과 하얀색이 도는 바위가 가득했다. 갈라진 동굴 벽면 여기저기로 빛이 스며들어 환했다. 통로는 점점 커져, 내가 양팔을 벌리면 손끝이 벽에 닿을 정도로 넓어졌다. 그렇게 얼마간 더 가자, 바닥에 밝은 모래가 깔려 있고 벽이 움푹 들어간 공간이 나왔다. 우리 텐트랑 모양이 비슷해 보였다.

"여기는 '에머리 해변'이야."

오빠는 행복했던 시절을 떠올리듯 부드러운 미소를 지었다.

"오빠가 여기 주인이라고? 그동안 어떻게 이런 장소가 있다고 입도 벙긋 안 했어?"

"비밀 장소니까."

오빠는 한쪽 어깨만 으쓱했다. 땅속 해변이라니, 이상야릇했다. 빛은 바위틈으로 들쑥날쑥 쏟아졌다. 보통 해변처럼 해가 쨍 쨍 내리쬐지도 않고 따뜻하지도 않았다. 아니, 오히려 추웠다.

"뭐, 갱도 끝이 저렇게 밝은 걸 보면 그렇게 비밀스러워 보이지도 않는데?"

"네 말이 맞아. 내가 네 나이일 때는 어린애처럼 굴었지."

"하!"

나는 기가 막혔다. 지난 이 주 동안 나는 어린애처럼 굴 시간도 없었다고!

우리는 교대로 소총을 메고 컴컴한 버섯 동굴에 앉거나 개들로 둘러싸인 침낭에서 웅크려 자기로 했다. 마루키의 털을 쓰다듬으면 마음이 편해졌다. 아무도 버섯에 물을 주러 오지 않았지만, 나는 머릿속으로 계속 인사말을 연습했다.

'크리스마스 아줌마, 안녕하세요? 저, 엘라예요.'

내 곁을 떠나지 마

해넘이 시간이 되자 바위 틈새로 에머리 해변을 비추던 빛이 사라졌다. 오빠는 포섬이나 캥거루를 잡아서 개들한테 먹여야 겠다고 했다. 정말 말도 안 되는 소리였다. 오빠는 뛸 수가 없었고, 나는 동물의 목을 베지 못했다. 빨리 숨통을 끊는 게 고통을 덜어 주는 일이라고 해도 내 손으로 그러고 싶지 않았다. 뱀처럼 우리를 먼저 공격해 온다면 또 모를까.

거기다 개들이 동굴에서 가만히 기다리란 법도 없었다. 녀석들이 울부짖기라도 하면 누구라도 여기로 와 볼 테니까.

"망을 보는 동안에는 버섯을 먹자. 사냥을 하면 너무 시끄럽잖아. 오빠는 개들이랑 여기 있어. 내가 아줌마네 집에 가 볼게."

"안 돼, 엘라! 이 주변은 내가 잘 알아. 내가 갈게."

나는 고개를 저으며 오빠에게 소총을 주었다.

"오빠는 못 뛰잖아."

"엄마가 다른 동굴에 숨어 있을지도 몰라. 집에 없을 수도 있다고."

온종일 숨어 있는 동안, 오빠는 최악의 경우를 다 떠올렸던 모양이다.

"집에 아무도 없으면 내일은 다른 동굴을 찾아보지, 뭐."

"엘라, 나도 갈게."

오빠가 내 팔을 세게 꽉 움켜잡았다. 누가 죽고 누가 살았는지, 오빠도 궁금하겠지.

"오빠 마음 알아. 몹시 궁금하겠지만, 일단 여기에서 개들을 조용히 시키고 있어. 내가 다녀올게. 보기만 하고 바로 돌아올게."

"그럼, 마루키를 데려가. 마루키가 널 지켜 줄 거야."

나는 고개를 끄덕였다. 어두워서 길을 잃을까 봐 걱정했는데, 마루키가 있으면 곧장 오빠한테 돌아올 수 있다.

나는 마루키의 목덜미 털을 꼭 붙잡고 숲길을 지나 크리스마스 아줌마네 집으로 향했다. 집 앞에 거의 다다랐을 때, 우리한테 포섬을 주었던 마이크 아저씨가 보였다.

한쪽 어깨에는 소총을, 다른 쪽 어깨에는 작은 캥거루와 포섬 몇 마리를 한 줄에 매달아 걸치고 있었다. 아저씨는 낡은 밴 쪽으로 성큼성큼 걸어가더니 주먹으로 문을 쾅쾅 쳤다.

"크리스마스!"

나는 심장이 뛰었다. 아줌마가 저기 있다! 무사하다!

"잠깐, 기다려!"

집 안에서 대답이 들리는가 싶더니, 잠시 뒤에 아줌마가 계단을 내려왔다. 가슴이 두방망이질치면서 눈물이 났다. 아줌마는 양철통과 자동차를 쌓아 만든 울타리 뒤로 이내 사라졌다.

이윽고 밴의 슬라이딩 도어를 여닫는 소리가 났다. 아줌마가 밴에 올라타서 마이크 아저씨가 서 있는 쪽 창문을 열었다.

"사내 녀석들은 왔어?"

아저씨 목소리가 초저녁 공기를 타고 울려 퍼졌다. 마루키가 낮게 으르렁거렸다.

"사내 녀석들이라니?"

"당신 아들하고 다른 녀석도 하나 있던데? 개들을 잔뜩 끌고 다니더라고."

"에머리?"

아줌마가 기대에 찬 목소리로 물었다.

'우리예요! 우리가 왔어요! 우린 괜찮아요!'

순간 나도 모르게 뛰어나가 소리칠 뻔했다. 하지만 마루키가 계속 작은 소리로 으르렁댔다. 마이크 아저씨한테서 무슨 이상한 낌새를 알아차린 걸까?

"척 보니 당신 아들인 걸 알겠던데! 여기 오는 길이랬으니 지금쯤 도착했을 시각인데. 녀석들한테 포섬 두 마리를 줬으니, 당신이 나한테 빚진 거야."

아줌마는 오빠의 모습을 찾듯 멀리 내다보았다. 나는 덤불 속으로 몸을 낮추었다.

"아직 안 왔어."

"어딘가에 숨어 있겠지. 어쨌든 포섬 두 마리 줬으니까 나한테 갚아."

"물론이지. 만약 당신이 에머리를 도와줬다면 기꺼이 버섯을 주겠어."

"무슨 소리야? '만약'이라니?"

아저씨가 을러댔다.

"물론 도와줬겠지."

아줌마는 위험한 사람을 대하듯 차분하고 조심스럽게 말했다.

"버섯은 바구니의 절반 정도 채워 놨어. 하지만 지금 더 딸 순 없어. 이틀은 지나야 버섯이 충분히 자라거든. 그때 나머지 반을 줄게. 호박도 주고."

아저씨가 고개를 끄덕였다.

"그거 고맙구먼. 캥거루도 교환하지 그래?"

마루키가 가만히 있기 답답했던지 내 손을 잡아끌며 보챘다. 나는 마루키를 눌러앉혔다.

"버섯이 다 떨어져서 더는 못 바꿔. 여기서 기다려. 창고에 가서 버섯을 가져올 테니까."

아줌마는 버섯 동굴이 가득 차 있는 걸 모르는 양 말하고는 서둘러 차에서 내려 집 뒤쪽으로 돌아갔다. 아줌마는 또 한 번 멀리 시선을 던져 언덕께를 둘러보았다. 오빠가 있는지, 아니면 마이크 아저씨 일당이 더 있는지 살피는 듯했다. 그때 언덕 어딘가에서 빛이 반짝였다. 마이크 아저씨는 그 신호를 놓친 것 같았다.

"저 빌어먹을 사기꾼한테 자꾸 뜯길 게냐?"

집 안에서 어떤 할머니가 고함을 쳤다. 오빠네 할머니도 저 집 안에 있는 게 분명했다.

크리스마스 아줌마가 곧 버섯이 담긴 하얀 바구니를 들고 나타났다.

마루키가 낑낑대다 내 손에서 빠져나갔다. 나는 다급히 마루키를 붙잡으려 했지만, 그대로 넘어져서 마른 풀밭에 코를 박고 말았다. 냉큼 일어나 마루키를 뒤쫓았지만 녀석은 이미 쏜살같이 달려 나갔다. 아저씨가 이쪽을 돌아볼까 봐 너무 무서워서 마루키를 부를 수도 없었다.

우리는 집으로 돌진했다. 마루키는 무슨 수상한 낌새를 알아챘을까? 아니면 오빠의 엄마인 아줌마를 알아보고 반가워서 그럴까? 하지만 내 예상과는 달리, 마루키가 갑자기 집에서 멀리 떨어진 쪽으로 방향을 틀었다.

마루키 소리에 아저씨가 몸을 돌리다 포섭과 캥거루를 떨어뜨렸다. 나는 아저씨 쪽으로 달려갔다. 제발 그러지 않길 바랐지만, 아저씨는 어깨에 멘 총에 손을 뻗었다. 아저씨 눈에는 마루키가 무엇으로 보였을까? 까만 캥거루?

내 다리로는 아저씨 손의 움직임을 따라잡기가 힘들었다. 그 손가락이 주머니에서 반짝이는 물건을 꺼내 총으로 가져가고, 또다시 주머니로 향하는 동안에도 나는 달렸다. 숨 쉴 틈도, 소리를 지를 틈도 없었다.

아저씨는 마루키에게 총을 겨누었다. 나는 다급히 입을 벌렸지만, 목소리가 나오지 않았다. 총은 좀 더 높은 곳을 향했다. 마루키가 아니라 도로였다. 그리고 빛이 번쩍였다. 거울 빛이 언덕 여기저기에서 번쩍거렸다.

그때 도로에서 두 사람을 태운 하얀 전기 오토바이가 천천히 다가왔다. 키 큰 여자와 작고 깡마른 남자였다. 엄마랑 아빠다! 나는 울음을 터뜨렸다.

마이크 아저씨가 방아쇠를 당겼다. 나는 힘껏 달렸지만 더 빨리 달릴 수는 없었다. 대신 고함을 치며 뛰어올라 어깨로 아저씨의 옆구리를 밀쳤다.

갈비뼈에 부딪혔는지 어깨가 몹시 아팠다. 갑자기 뒤로 떠밀린 아저씨는 밴과 부딪쳐 쿵 소리를 냈다. 소총이 땅에 떨어지자 나는 잽싸게 아저씨를 타고 넘었다. 아저씨가 내 티셔츠를 잡아채려 했지만, 나는 총을 주워 냅다 뛰었다.

엄마랑 아빠는 컹컹 짖으며 달려오는 마루키를 보고 오토바이에서 내려섰다. 아빠는 늘 당부하기를, 호주에는 총을 잘 맞추는 사람이 없으니 무조건 멀리 뛰라고 했다. 지금 저렇게 가만히 서 있는 걸 보면 주위에 총이 있다는 사실을 모르는 모양이었다.

"언덕 조심해요!"

소리치던 그때, 탕, 하는 총소리가 언덕 어딘가에서 울렸다. 엄마 아빠가 서 있는 도로 위로 돌멩이가 날아들어 오토바이 금속과 플라스틱에 부딪혔다. 둘은 오토바이 뒤로 잽싸게 몸을 피했다.

나랑 마루키는 계속 달렸다. 마루키가 몸을 한껏 낮추고 아빠에게 돌진했다. 아무도 아빠를 구하려는 마루키를 막을 수는 없었다.

나는 바닥에 미끄러지며 가까스로 멈춰 섰다. 한쪽 무릎을 앞으로 굽히고 앉아 소총 개머리판을 허리춤에 붙였다. 무릎에 총을 받치고 들어 한 손으로는 힘을 꽉 주어 지탱했다. 총알이 날아온 언덕 어딘가를 향해 총을 겨누었다. 총을 쏘기는 정말 싫지만, 방아쇠를 힘껏 당겼다.

총이 내 허리춤을 쳤다.

탕—!

총소리에 귀가 먹먹해지더니 손가락이 얼얼하게 아려 왔다.

"야!"

아저씨가 날 쫓아왔다. 아저씨 뒤로 크리스마스 아줌마가 밴에 올라타 소리 질렀다.

"애들 건드리지 마!"

나는 일어나서 또다시 달렸다. 들판을 가로질러 아직 오토바이 뒤에 숨어 있는 엄마 아빠한테 달려갔다.

"마이크! 당신네 사람들한테 총 쏘지 말라고 해!"

아줌마가 소리쳤다. 아저씨는 달려 나가며 손을 흔들었다. 총을 쏘지 말라는 뜻 같았다.

마루키가 오토바이 주위를 쑤석거리다가 엄마와 아빠를 발견하고 껑충 뛰어올랐다. 마치 백만 년 동안이나 못 본 것처럼. 나도 그래, 마루키. 나도.

"그만! 그만해!"

아저씨가 소리쳤다. 들판 한가운데서 무릎에 손을 짚고 숨을 고르더니 언덕 위를 향해 손을 들어 보였다.

나는 숨이 턱 막혔다. 총을 내던지고서 내가 사랑하는 두 사람과 우리 개에게 달려들었다. 웃다가 울다가 숨을 제대로 쉴 수가 없었다. 다시는 못 만날 줄 알았는데.

엄마가 소리쳤다.

"엘라, 우리 아가. 너, 괜찮니? 에머리는 어디 있어?"

나는 고개를 끄덕이며 엉엉 울었다.

아빠가 나를 힘껏 안아 주었다. 아빠 품에서 평생 살고 싶다.

이렇게 단단하고 마른 팔 안에서라면 영원히 안전할 텐데. 아빠는 철사랑 쇠막대기로 만들어져서 아무도 못 죽일 테니까.

그사이에 마이크 아저씨가 내가 떨어뜨린 총을 주워 들었다. 아빠가 재빨리 나를 밀쳐냈다. 엄마는 권총을 꺼내 아저씨한테 겨누었다.

크리스마스 아줌마가 다가오더니 총을 들고 있던 마이크 아저씨의 팔을 찰싹 때렸다.

"저들은 내 가족이야. 마이크! 내 아들의 아빠하고 그 부인이라고."

아줌마는 휙 돌아서더니 엄마를 끌어안았다. 엄마가 권총을 들었는데도 아랑곳하지 않았다. 그런 다음에는 아빠와 나도 안아 주었다.

"내 아들은 어디 있니?"

아줌마가 지금 당장 알고 싶다는 듯이 내 귀에 속삭였다.

나는 마이크 아저씨한테서 버섯 동굴의 비밀을 지켜야겠다고 생각했다.

"저기 수풀 안에요. 팔이 부러졌지만, 에머리 해변이라는 곳에서 잘 쉬고 있어요."

아줌마는 내 볼에 살짝 뽀뽀했다.

"내가 가서 데려오마."

"도와줄까, 크리스마스?"

마이크 아저씨가 느물거리며 물었다. 아줌마는 손을 저었다.

"아니, 됐어. 애아빠가 도와줄 거야. 자기 아들이니까 무척 보고 싶겠지."

"응, 무척 보고 싶어."

아빠가 씩 웃었다.

"마이크, 당신은 버섯이나 가져가. 나머지 반하고 호박은 약속대로 이틀 후야. 하지만 그다음은 없어. 이젠 나도 식구가 늘어서 나누기 힘들겠어."

아줌마는 단호하게 말했다. 나는 그 말에 뛸 듯이 기뻤다. 정말로 가족이 다 모였다. 온 가족이 한 지붕 아래 함께 지낼 수 있다.

"어이, 이러기야? 크리스마스! 우리 같이 지역의 살림살이에 협조하기로 했잖아."

"일손이 늘었으니 다음 달에는 버섯하고 채소도 더 많이 나오겠지. 마을하고는 직접 거래할 거야. 당신의 그 더러운 포섭은 이제 질렸어. 아버지가 돌아가신 뒤로 엄마를 돌보아야 해서 어쩔 수 없었지만, 이젠 끝이야."

나는 숨을 들이쉬었다.

"할아버지가 돌아가셨어요? 오빠가 몹시 슬퍼할 거예요."

아줌마는 고개를 끄덕이며 내 볼을 쓰다듬었다. 아줌마 손길은 무척 부드러웠다. 아줌마는 몇 번 눈을 깜박이더니, 나한테 나쁜 소식을 전하는 것처럼 조곤조곤 말했다.

"약으로 버티셨는데, 더는 어쩔 수가 없더구나. 그렇게 될 줄 알았지. 병든 작물을 태운 다음에 병세가 급격히 악화되었거든. 결국 화전을 만들다 돌아가신 셈이야."

"그 영감은 미쳤어! 모두의 땅을 다 불태웠잖아!"

마이크 아저씨가 고래고래 소리치며 끼어들었다.

"그 미친 영감 덕분에 지금 당신이 포섬하고 캥거루를 먹는 거야. 당신도 우리 아버지의 화전과 씨앗에 빚졌어. 집 한두 채 태워서 풀이 살아나면 남는 장사지, 안 그래? 당신은 그만 가 봐. 걸핏하면 총질하는 당신네 사람들한테 총 맞지나 말라고!"

아저씨는 입술을 이기죽거리다가 끝내 돌아서서 성큼성큼 걸음을 옮겼다.

"뭐, 아예 틀린 말은 아니야. 아버지는 호주 원주민이 했던 대로 밭에 불을 질러야 한다고 고집을 피우셨어. 호주 토착 식물만 있으면 그나마 괜찮았겠지. 영국에서 건너온 외래종 식물이 검게 시들어 말라붙어 있던 바람에 걷잡을 수 없이 불이 커졌단다. 그렇게 몇몇 집까지 화마에 휩쓸렸지. 무사할 줄 알았던 풀뿌리는 타 버리고. 그 뒤로 아버지 혼자서 온 동네에 씨를 뿌리겠다고 동분서주했어. 그러다 결국 과로로 쓰러져서 다시는 못 일어났지."

아줌마는 크게 한숨을 쉬었다.

"그때부터 저 인간이 날 지긋지긋하게 괴롭혔어. 당신들이 와서 참 다행이야."

아줌마가 엄마를 보고 말을 이었다.

"마이크를 앞질러 가 줄래요? 저자가 내 집으로 들어가서 헛간을 뒤질까 봐서요."

엄마는 오토바이에 올라타며 말했다.

"알겠어요. 자, 그럼."

엄마가 나를 쳐다보았다. 나는 엄마와 함께 오토바이를 타고 마이크 아저씨를 뒤쫓았다. 금세 아저씨를 앞질러서 아줌마네 밴에 도착했다. 마루키가 킁킁 짖으며 우리를 따라오려다가 다시 아빠에게 돌아갔다.

엄마는 밴의 슬라이딩 도어 앞에 오토바이를 세우고 자동차 발판에 앉았다. 마이크 아저씨가 도착하자 나는 아저씨한테 줄버섯 바구니를 건넸다. 아저씨는 포섬과 캥거루를 주섬주섬 집어 들더니 도로 쪽으로 터덜터덜 걸어갔다.

나는 엄마 옆으로 가서 앉았다. 엄마는 나를 바싹 당겨 안고 까칠하게 자란 내 머리칼을 쓰다듬었다.

"다 큰 어른을 쓰러뜨리고, 총도 빼앗고, 엄마 아빠 목숨을 구해 준 게 바로 우리 꼬맹이였어?"

"난 이제 꼬맹이가 아니에요."

"그래, 엘라. 네가 해냈어. 에머리랑 개들을 이끌고 여기까지 오다니, 엄마는 네가 너무 자랑스럽다."

나는 엄마 옆구리를 쿡 찔렀다.

"아빠를 구해 오다니, 나도 엄마가 진짜 자랑스러워요. 다시는 내 곁을 떠나지 마세요!"

엄마가 활짝 웃었다.

종자 은행

다 같이 모여 크리스마스 아줌마네 집에서 지내는 하루하루는 무척 근사했다. 뒷마당에는 호박 넝쿨이 무성했고, 2년 전부터 쌓아 둔 분유도 있었다. 아줌마는 이웃에 젖을 굶는 아기가 있을 때만 분유를 꺼낼 거라고 했지만, 가끔 버섯과 분유로 수프를 끓일 때면 그 맛이 정말 끝내줬다.

오빠가 개밋둑 이야기를 하자, 아줌마는 크게 웃다가 자기 볼을 꾹 누르며 말했다.

"아버지가 자꾸 에머리를 개밋둑으로 보내라고 하시는 거야. 노망이 들었나 보다, 생각했지. 내가 에머리는 여기 없다고 아무리 말해도 계속 에머리가 온다고, 곧 온다고 하시더라고. 아버지는 정말 네가 올 줄 알고 계셨나 봐."

오빠는 가장 가까운 개밋둑으로 우리 모두를 데려갔다. 하나를 부수어 보니 그 안에서 작고 동그란 밀알들이 쏟아졌다. 햇빛에 반짝이는 모습이 너무 아름다워서 마치 살짝 초록빛이 감도는 진주 같았다.

나는 땅에 무릎을 꿇고 앉아 손가락으로 낟알들을 휘저어 보았다. 사락거리는 낟알에서 싱그럽고 향긋한 곡식 냄새가 풍겼다. 낟알 하나하나가 반짝이며 내 손가락 사이로 스르륵 미끄러졌다. 놀라웠다.

"아버지가 씨앗을 숨겨 놓으신 줄은 알았지만, 이렇게 많을 줄은 꿈에도 몰랐네."

우리는 씨앗을 조금 갈아 빵을 만들었다. 우리가 한자리에 모였음을 기념하는 빵이었다. 겉은 바삭하고 속은 촉촉해서 무척 맛있었다.

우리는 씨앗을 비닐봉지에 담았다. 아줌마는 씨앗을 마을로 가져가 밀과 카놀라를 키웠던 사람들에게 나누어 주었다. 씨앗을 땅에 심으라고, 그러면 캥거루들도 살이 찌고 튼튼해진다고, 언젠가는 다시 빵집이 생길 정도로 곡식이 풍부해지리라고 용기를 북돋웠다.

또다시 붉은곰팡이가 들이닥치면 할아버지가 했던 방식대로 농작물을 태우고 식물이 다시 자랄 때까지 기다리면 된다고도 했다. 이제는 영국에서 들여온 외래종 식물도 다 사라져서 여름에 숨어 잠든 작물이 없을 테니, 불을 잘 조절할 수 있을 거라는 말도 덧붙였다.

오빠의 팔은 점점 나아졌다. 보름간 할머니 곁에서 지내면서 호박 수프를 잔뜩 먹고 푹 쉰 덕분인 듯했다. 할머니와 함께 할아버지 이야기를 나누는 동안 마음도 누그러지고 몸에 난 상처도 아문 게 아닐까?

겨울이 되자 호박은 다 시들었다. 우리는 창문 틈을 막고 거실 난로 주위에 옹기종기 모여들었다. 날이 풀려도 밤은 추웠다. 사람들에게 나누어 주느라 버섯도 거의 다 떨어져 갔다. 버섯 재배량을 늘리려고 아빠랑 오빠는 늙은 나무를 베어 통나무를 구해 왔다. 아줌마와 할머니는 통나무에 종균을 심고, 엄마와 나는 그 통나무를 동굴로 옮겼다.

날씨가 아무리 춥거나 더워도 동굴의 온도는 그대로였다. 그래서 우리는 버섯을 많이 키울 수 있었지만, 마을 사람들은 비닐하우스에서 식물을 키우는 형편이라 수확량이 일정하지 않았다. 물물교환이 쉽지 않으니 저장해 둔 호박도 거의 다 떨어져서 우리 식량은 점점 줄어들었다.

오빠는 개들을 먹이기 위해 아빠와 함께 매일 사냥을 나갔다. 씨앗 주머니를 챙겨 곳곳에 씨앗을 뿌리는 일도 잊지 않았다.

할아버지는 언제나 오빠가 돌아올 날을 기다렸던 듯하다. 지금은 땅속에, 할아버지가 구한 풀들 아래에 묻혔지만, 수천 세대에 걸쳐 살아온 조상들과 마찬가지로 오빠에게 물려준 지식 속에 살아 숨 쉬었다.

아빠는 혹시 마이크 아저씨 일당이 오는지 언덕 너머로 늘 동태를 살폈다. 도로를 넘어오는 사람은 거의 없었다. 밖에서 언뜻 보기에는 여기도 척박한 땅일 뿐이었다.

마이크 아저씨 일당은 다른 지역에서 넘어온 사람들을 구슬러 낡은 호텔에서 묵게 해 주고 일을 시키는 모양이었다. 노동의 대가로 포섬과 캥거루 고기, 그리고 채소를 주기는 했지만 턱없이 적은 양인 듯했다. 사람들은 그런 대우마저도 감사히 여긴다고 아빠가 말했다.

"마이크한테 그 더러운 포섬을 빚지고도 괜찮게 여긴다면, 밖은 매우 고달픈 상황인가 봐."

크리스마스 아줌마가 말했다.

아빠와 오빠가 사냥에 실패해 빈손으로 돌아오는 날이면 나는 아줌마랑 같이 댐에 가서 장어를 잡았다. 그런 저녁에는 아줌마가 요리 실력을 발휘해 모두 함께 맛있는 장어 요리를 즐겼다.

어느 날 저녁, 다 같이 포섬 꼬리 다발에 낚싯바늘을 걸고 있는데 엄마가 해넘이를 보러 가자고 말했다.

해가 지는 광경은 눈이 부시게 아름다웠다. 황금빛 오렌지색이 우리가 사는 세상을 뒤덮었다. 땅과 말라빠진 누런 풀들, 시커먼 나무들, 언덕과 낡고 오래된 하얀 집까지 전부 붉고 노란 색

깔로 물들었다.

하늘 저 멀리서 작은 비행기 두 대가 날아왔다. 하늘을 오르락 내리락 누비며 무늬를 그리던 비행기들은 앞서거니 뒤서거니 하며 집 쪽으로 점점 가까이 다가왔다. 엄마는 놀란 듯 숨을 멈추었다.

"뭔가를 떨어뜨리고 있어!"

나는 무슨 독약 같은 게 아닐까 싶어 겁이 났다. 그래서 비행기가 도착하기 전에 빨리 집 안으로 피해야겠다고 생각했는데, 엄마는 도리어 비행기를 향해 힘껏 달렸다.

"엄마!"

나는 소리쳤다. 크리스마스 아줌마가 내 손을 붙잡고 엄마 뒤를 따라 뛰었다.

비행기가 우리 쪽으로 낮게 날아왔다. 날개를 흔들자 빗방울처럼 뭔가 후드득 떨어졌다. 나는 얼굴을 만져 보았다. 아주 작은 알갱이가 머리와 목으로 토도독 떨어졌다.

엄마는 돌아서서 나를 향해 팔을 벌리며 달려왔다. 눈을 휘둥그레 뜨며 소리쳤다.

"풀씨야! 비행기에서 씨앗을 뿌리고 있어!"

엄마는 나를 번쩍 안아 빙그르르 돌리고 나서 아줌마와 얼싸안았다. 둘은 폴짝 뛰며 소리쳤다.

"풀이다, 풀!"

회색 비행기 옆면에는 '크리소 종자 은행'이라고 쓰여 있었다. 그게 뭔지 잘은 모르겠지만, 여기저기에 열심히 씨앗을 뿌렸다. 혹시 호주 전역에 뿌리고 있는 걸까? 아니면 큰 초원 두 곳에만? 밀밭에는 벌써 씨를 뿌렸을까? 나는 무척 궁금했다. 굶주리는 도시 사람들이 봄에 풀이 자란다고 믿고 조금만 더 견디면 좋겠다.

나는 무릎을 꿇고 두 손으로 조심스레 씨앗을 퍼 올렸다. 뾰족한 씨앗, 보송보송한 씨앗, 짧고 몽땅한 씨앗, 길쭉하고 하얀 씨앗, 초록빛과 노란빛이 감도는 씨앗. 개밋둑 안에 있던 씨앗처럼 둥근 것도 있었다.

오빠가 언덕 너머에서 우리가 지른 비명을 듣고 부리나케 달려왔다. 아빠와 개 다섯 마리도 뒤따라 나타났다. 우리가 웃는 이유를 듣고 오빠가 활짝 웃었다.

나는 손에 쥔 씨앗들을 오빠에게 보여 주었다. 각기 다른 모양과 크기의 씨앗을 보고 오빠가 고개를 끄덕였다.

"할아버지는 바다 건너온 풀들이 자라서 죽으면 토종 풀에게도 좋다고 했어. 풀들이 썩어서 땅을 비옥하게 해 주니까, 땅이 건강하면 무슨 식물을 심든 문제없다고 했지. 씨를 심고 물을 주면 어떻게든 자라겠지만, 알맞은 땅에 떨어져야 자란다고, 사람도 마찬가지라고 했어."

"그래서 오빠네 할아버지가 고등학교 졸업하면 집으로 돌아와도 된다고 하신 거야? 어디가 오빠한테 알맞은 땅인지 알아보라고?"

오빠가 빙그레 웃었다.

"그렇게 생각한 적은 없는데, 그런가 봐."

"저 사람들이 붉은곰팡이를 극복하는 방법을 알아낸 것 같구나. 씨앗의 저항력을 키운 걸까?"

아빠는 씨앗 옆면에 정답이라도 적힌 것처럼 이리저리 돌려가며 살펴보다 냄새를 맡았다. 아빠한테는 돋보기가 필요할지도 모르겠다.

크리스마스 아줌마는 계획을 세우기 시작했다.

"목초를 키우면, 곡식도 빵도 생길 거야. 그럼 커다란 샌드위치를 만들겠어. 고급 살라미 햄도 넣고, 커다란 치즈도 넣을 거야. 이제 곧 소를 키우고 암탉도 키워서 달걀을 얻을 수 있을 테니까. 그리고 디저트는 아이스크림이야."

오빠가 말했다.

"엄마, 난 도넛이 좋아요. 바삭하게 튀겨서 가운데에다 잼을 바르고 위에 크림을 살짝 올려주세요. 살살 녹아내리게요."

"엘라, 넌 뭐가 좋니?"

아빠가 물었다.

"난 앤잭 비스킷. 제일 큰 통에 가득 넣어서 눈알이 튀어나올 때까지 혼자 다 먹을 거야!"

앤잭 비스킷이 무슨 맛인지 기억조차 나지 않았지만 주저없이 말했다.

"올해 안에 다 이루어지지는 않겠지? 아마도 몇 년은 걸릴 거야."

아빠가 말했다.

"이제 시작이잖아요."

나는 웃으며 대답했다.

"그래, 언제가 될지 모르지만, 모두 조금씩 조심하자."

아빠랑 엄마도 앞으로의 계획을 이야기했다. 크리스마스 아줌마를 위해서 태양광 발전기를 설치해야겠다든가, 마을 사람들에게도 태양광 패널을 설치해 주자든가, 그게 어려우면 전기 크랭크를 설치하자는 식의 이야기였다. 캥거루와 장어 양식을 해서 고기를 팔자는 이야기도 했다.

나는 해야 할 일이 늘어서 기뻤다. 여기서는 개들도 맘껏 뛰어놀 수 있고, 서로 돌봐 줄 누군가가 늘 가까이 있어서 마음이 놓였다.

비행기가 다시 날개를 흔들며 우리 쪽으로 날아왔다. 미소 띤 조종사가 손을 흔들었다. 그 얼굴이 노을빛에 붉게 물들었다.

나는 폴짝 뛰며 손을 흔들어 주었다. 내가 비행기를 따라 달리자 개 다섯 마리도 따라 뛰며 컹컹 짖었다. 나는 힘차게 손을 흔들었다.

모두가 절망에 빠져 자기만 살겠다고 발버둥칠 때, 미래를 생각하는 누군가가 종자 은행을 만들어 씨앗을 모았다. 오빠네 할 아버지가 그랬던 것처럼. 그리고 마침내 풀씨를 심고 한발 앞으로 나아갔다. 그렇게 생각하니 몹시 기뻤다.

씨앗을 쫓는 아이들

첫판 1쇄 펴낸날 2021년 3월 17일
4쇄 펴낸날 2023년 7월 31일

지은이 브렌 맥디블 **옮긴이** 윤경선
발행인 김혜경 **편집인** 김수진
주니어 본부장 박창희
편집 강정윤 조승현
디자인 전윤정 김혜은
마케팅 최창호 임선주
경영지원국 안정숙
회계 임옥희 양여진 김주연

펴낸곳 (주)도서출판 푸른숲
출판등록 2003년 12월 17일 제2003-000032호
주소 경기도 파주시 심학산로 10, 우편번호 10881
전화 031) 955-9010 **팩스** 031) 955-9009
홈페이지 www.prunsoop.co.kr **인스타그램** @psoopjr
이메일 psoopjr@prunsoop.co.kr

* 잘못된 책은 구입하신 서점에서 바꾸어 드립니다.
* 본서의 반품 기한은 2028년 7월 31일까지입니다.